目录

高珍华中篇小说选集

名臣邹应龙

MINGCHEN ZOUYINGLONG
GAOZHENHUA ZHONGPIANXIAOSHUO XUANJI

高珍华 著
GAOZHENHUA
ZHU

中国出版集团
现代出版社

图书在版编目（CIP）数据

名臣邹应龙 / 高珍华著. -- 北京：现代出版社，2016.1

ISBN 978-7-5143-4508-7

Ⅰ．①名… Ⅱ．①高… Ⅲ．①传记文学－中国－当代 Ⅳ．①I25

中国版本图书馆CIP数据核字(2015)第318456号

名臣邹应龙

作　　者	高珍华	
责任编辑	李　鹏　陈世忠	
出版发行	现代出版社	
地　　址	北京市安定门外安华里504号	
邮政编码	100011	
电　　话	010-64267325　010-64245264（兼传真）	
网　　址	www.1980xd.com	
电子邮箱	xiandai@vip.sina.com	
印　　刷	北京一鑫印务有限责任公司	
开　　本	880×1230　1/32	
印　　张	8	
版　　次	2016年1月第1版　2022年7月第2次印刷	
书　　号	ISBN 978-7-5143-4508-7	
定　　价	39.80元	

中篇历史小说上部

血溅黄龙潭

引 子

明嘉靖四十年的端午节是黄龙潭镇的蒙难日。

这天，一年一度的端午龙舟大赛如期在黄龙潭举行，金沙溪上锣鼓喧天，人声鼎沸，爆竹阵阵。可有谁想到，一场灭顶之灾正悄悄降临，一夜之间这座繁华的山镇化为灰烬，数千无辜的山民横尸当街。黄龙潭首富陈家大院更是惨不忍睹，全家20多口人全成了无头尸，昔日的深宅大院一夜之间变为一堆瓦砾。只有院子中央那株古银杏树，劫难余生，见证了血腥的一幕。只有陈家那首神秘的童谣，留给后人猜不透的谜。

左八右八绕三匹，月上树梢照双卡。

前半箭，后半箭，长长圆圆见天马。

名臣
mingchen zouyinglong
邹应龙

这首童谣至今还流传在黄龙潭一带，据说谁能参透其中的玄秘，谁就能得到陈家大批的财宝。数百年间，由这首童谣引发了一阵阵寻宝淘金热，甚至连日本倭寇也染指其间，最后所有人都一无所获。

　　这童谣的玄秘究竟谁能解读？

　　历史，在演绎着一个个神奇的故事。

一

黄龙潭是虎形山下的一座重镇，依山傍水，风光秀丽。金沙溪从镇右上方滔滔奔来，在镇前形成一段平流，然后从镇左方拐了个九十度的弯，继续向前奔流。顺水路而下，舟楫可直抵古时的铜城府，再达省城。由于水路交通便捷，黄龙潭又盛产木材、毛竹、白笋干、香菇、茶叶等，便形成了这一带山区的物资集散地。黄龙潭镇傍水的一面，一长溜建了7个码头，每天都有成百上千担物资在这里装船起运。两里长的街道上，店铺林立，经营木材生意的商行就有十多家。还有土特产品货栈、粮油商号、珠宝行、客栈，甚至烟馆、怡春院也不下十家。真个是民阜物丰，人丁兴旺，繁荣昌盛的山镇。

可是，这么繁华的一座山镇，却被明嘉靖四十年入侵我国东南沿海的凶残倭寇一夜之间血洗了，并在历史的长河中消失了。

据说黄龙潭的毁灭，虽是人为，也是天意。

明正德皇帝下江南游玩时，有一天经过黄龙潭，看到这镇上人头攒动，河里棹歌声声，风帆片片，很是繁华，于是就多逗留了一阵子。他四处逛逛，不觉走到镇后山。后山是一座回头虎形的山冈，极像一只猛虎往前狂奔时，突然驻足回望。而金沙溪从虎头方向的山谷中穿出，从虎后腿下经过，形成一个"丁"字形的流域，使镇前有了一大片宽阔的河面，水流平稳，是个天然的港口。而在河的对面，又有三重山峦横在前方，人称三屏山。最奇的是三屏山下有一个巨大的深不可测的龙潭，传说有人看到一条黄龙经常出没其中，黄龙潭镇的地名大概也是由此而来。浩浩荡荡的河水到了龙潭里，便像被吸住了似的，波澜不掀，缓缓地绕过几道弯，隐进群山中不见了。于是，金沙溪流经黄龙潭的这一段水域，就形成了一种看不见从哪里来、也不知道往哪里去的流势。这种背倚虎形山，面临"丁"字水，左右两山脉环护，前方三屏山封口的地理形态，在地理学上是绝佳的风水宝地，有"九五之尊"的祥瑞。

正德皇帝看到黄龙潭的这种风水宝地，又联想到黄龙潭这地名，心下大吃一惊。这还得了，风水如此奇丽，气势如此雄壮，这里很可能会出个皇帝。要是真的出了个皇帝，不就要与我大明王朝抢夺天下了吗？不行！一定要想办法破了这里的风水。于是他再也没有兴致游山玩水了，将黄龙潭的地形默记在心，匆匆回朝，在龙案上铺开写圣旨用的黄绸缎，细细描画出黄龙潭的地形，然后又提起朱笔，饱蘸墨水，在黄龙潭地形图中央从虎形山往前方的三屏山方向斜斜画上浓浓的一笔，边画边说："出、出、出！"据民间传说，皇帝是金口，说的话都会灵验。尤其是用朱笔斜画一笔后，金沙溪便改了道，当年一次山洪暴发时，滔天巨浪像一条狂怒的蛟龙一样，撕毁了黄龙潭镇前方宽阔的洋面，在洋中堆出一片数百亩面积的沙洲。而黄龙潭镇一溜码头处的水道却变成了一条内河，只有涨大水时才能与主河道相通。沙洲外冲出另一条河道，斜斜地插入三屏山。河道这么一斜流，把什么风水都给冲走了，从此码头失去作用了，废了，黄龙潭土特产品集散地的地位也就保不

名臣
mingchen zouyinglong
邹应龙

住了，渐渐被三屏山下的官墩镇所取代。不久，正德皇帝呜呼哀哉了，嘉靖皇帝坐天下没多久，日本海盗便频频入侵我国东南沿海，并勾结内地官贾，将魔爪伸到山区来，黄龙潭镇最终被倭寇一把火烧了个精光。

二

倭寇血洗黄龙潭，不单单是为了抢夺财物，其中还夹带着一段家仇国恨。

火烧黄龙潭时，最惨的要数黄龙潭首富陈金水。陈家开办金龙货栈经营笋竹生意有些年头了，老板陈金水可说是笋帮中的龙头老大，每年全省的白笋定价会，都是在这个镇上举行的。也可以说，陈金水是一言九鼎的人物，他的一句话，就可以定下当年全省的笋价。所以，在黄龙潭镇方圆百里之内，他是个赫赫有名的人物，他的生意从黄龙潭一直做到省城，日进斗金，富甲一方。

陈金水有个独生儿子名叫陈光宗，父亲为他取这么一个名字就是希望他将来能有出息，能考取功名，当上一官半职，光宗耀祖。但陈光宗却少有书生气，他生性豪爽，爱结交朋友，讲义气，很有一种江湖侠士的性格。古时候这一带人都有习武的传统，于是陈金水便聘请了一位文武兼备的教师，从陈光宗5岁时就开始教习文功武略。

陈光宗勤奋好学，才思敏捷，聪明可爱，八九岁就能写诗作赋，尤其是对对子，更是他的特长，镇里镇外的人都说他是小神童，是黄龙潭镇几百年来难得一见的奇才。

可是，当他11岁那年，却遇到一件奇事，改变了他的一生。

那一年，位于下游的官墩镇首富王进财为年届二八的小女儿选婿。有了钱的富人有时也想附庸风雅，还想搞些新的花样，一改传统的抛绣球选法，而改为对诗择婿。当然，这王家小女王锦秀也不是平庸之辈，芳龄二八，长得像一朵山茶花，娇艳动人。她天生丽质，不施粉黛，脸蛋儿就白里透红，鲜嫩嫩、娇滴滴如仙女下凡。且又精通诗词歌赋，才华出众，在官墩镇亦有才女之称。王进财是靠祖传的手艺搞小吃起家，资本以滚雪球的方式增长，如今已在金城县及周边地区开设王氏小吃连锁店百余家，从业人员数千之众。王进财有了钱，就显得财大气粗，又喜欢老牛吃嫩草，嫌结发妻子黄脸婆一个，没激情，40岁时讨了一个18岁的小妾，50岁时又讨了一个20岁的三姨太。金屋藏娇尚嫌不足，还时常到镇上那家迎春楼名妓青娥处温香怀玉。大概小女儿王锦秀也有乃父之风，由于从小娇生惯养，生性骄横，且又水性杨花，不太守闺阁之道，常喜欢与男孩子扎堆找乐子。

这次，在父亲的安排下，她就在自家开办的小吃总会会馆里进行挑选考试工作。她从小吃中选出一样食品，然后以食品名称做字谜，谁能对得工整漂亮，就选谁为夫。姑娘出的对子是粉干的"粉"字：八刀分米粉。即"八"与"刀"合为分字，加上"米"字，即为"粉"字。虽然这个对子看上去字面很简单，但要对工整却很难。

十天过去了，来想对对子的文人墨客不下五六十人，却没有一人能对得工整。而前来看热闹的或只是单纯来为一睹姑娘芳容的人上百成千，更是没一人会对出好对子来的。

这一天，年仅 11 岁的陈光宗缠着父亲，要他带自己前去官墩镇赶墟，看看热闹。父亲是生意人，哪有空闲陪小孩子玩？就叫妹妹带着女儿（也就是陈光宗的表妹）秋棠，一起去官墩镇看热闹。一行人在官墩镇玩得正起劲，忽见许多人往镇东头挤去，不知发生了什么稀奇事？陈光宗正在兴头上，嚷嚷着要姑姑带去东边瞧瞧。

他们来到那家小吃总会前，就看到大门前高高挂起的一块黑板，上面写着姑娘出的对子。

陈光宗虽然才思敏捷，但一时也想不出工整的对子来。表妹秋棠就羞羞他："我们的才子也想来娶才女罗！现在想不出对子来，好没面子哟。"

陈光宗才 11 岁，哪会想男女之事，只是凑热闹、好玩而已。但这个对子实在很妙，想对好并不是件容易的事。陈光宗想了一会儿，头脑里乱七八糟的，理不出一个清晰的思路来，就慢慢地往镇西走去。姑姑安慰他说："乖乖，咱不想对子，那是大人们闹着玩的。"但小光宗还是默默无语，一副极不情愿的样子。

到了镇西，正好对面山上一座庙里传来悠悠的钟声。

小光宗脑子一激灵，车转身就往镇东狂奔。

姑姑边追边气急败坏地喊道："你疯了，你跑什么？快回来！"

陈光宗像没听到似的，一路狂跑。

许多赶墟的人不知发生了什么事，也跟着跑去，街上就出现了一条狂跑的人流。人流越来越长，好像要发生地震似的，骚动起来，不明真相的人纷纷跟着往镇东挤去，将那家会馆围个水泄不通。

只见小光宗兴冲冲地走进会馆，在大堂中央摆放着文房四宝的八仙桌前站定，又一个猴子上树爬上太师椅，站在椅子上，提起毛笔饱蘸墨水，就在宣纸上写下对子：千里重金钟。这个"钟"字的繁体写法就是金字旁加"重"字，"千"与"里"合成"重"，"重"字加个"金"字即成"钟"字，对得工整，有气势，可以说天衣无缝。

众人"哗啦啦"大声叫好，掌声响成一片。

"小姐，终于有人对上了！"王进财的家人飞快报与王小姐知道。

王小姐听说十天来第一次有人对出好对子，也满心欢喜，以为可以选上一个有才华的郎君了。可当她看到对出对子的人是个十来岁的孩子时，心马上凉了半截。才这么丁点大，要他当郎君还得夜夜抱着他起来撒尿尿呢。自己是个十六姑娘一朵花的年纪，哪等得了这孩子长大后再当老公？

但话已经说出来了，只要有人对上好对子，就嫁给谁，现在要悔婚恐怕说不过去，也会大大失信于民，那可是王家的脸面哪。

怎么办？

当王家主持选婿活动的王叔牵起陈光宗的小手，要他去王府拜见未来的岳父时，小光宗却吓得"哇哇"叫："姑姑，咱们快回家，我不当什么姑爷了。"

"你小子艳福不浅哪，这么个美娇娘抱着你还不好玩？还闹着要回家？"

"你小子真是有福不会享，快让王姑娘抱回去养大了当老公。"

"神童配才女，这是天底下很完美的一件婚事呀！"

围观的人中，有没本事得到娇娘而眼红进行恶意攻击的，有钦佩陈光宗才思敏捷而加以赞美的，也有跟着瞎胡闹起哄的……

陈光宗和姑姑及表妹被王家人硬拖到王府，受到隆重的接待。尽管姑姑一再解释陈光宗不是有意来选婿的，只是小孩子一时觉得好玩来凑热闹的。但不管她如何解释，王家人就是不听，待上宾似的将陈光宗和他的姑姑、表妹供着，其实就像软禁似的，生怕他们跑掉。如今全镇人都知道已经有人对上对子了，王家姑娘的夫婿已有了人选。要是在这紧要关口没了人，王姑娘才真得要守活寡了。

三

官墩镇首富王进财一听对上对子的人是黄龙潭首富陈金水的公子，不禁喜上眉梢："好，好！我是官墩首富，他是黄龙潭首富；我家小女是才女，他家儿子是神童，真是门当户对，才子配佳人，天造地合，真是太好不过了。"

王锦秀姑娘却皱着眉苦着脸，扯着老父亲的衣袖说："阿爹，咱不要这个女婿好不好？"

王进财大惑不解："我的乖女儿，提出对诗选婿的是你，现在有人被选上了，你又不要？你当是小孩子过家家闹着玩吗？这可是关系到咱们的脸面问题，咱可不能说话不算话，让四乡八邻的人看笑话哟！"

王锦秀姑娘还是不依不饶，央求道："阿爹，难道您就忍心让女儿一辈子受苦？"

王进财摸着女儿的头说："傻孩子，你老爹这么有钱，陈家也是首富，金银财宝多得数不清，哪会让你受苦呢？"

王锦秀摇摇头，说："阿爹，您不知道，我是大姑娘了，他却是个小孩子，少我好几岁呢！我要是嫁给他，还得等好几年才能成为真娘子的。那这几年我不是要守活寡啦？"

"哈哈哈，原来我女儿是想男人想急了，耐不住寂寞了。"王进财一听女儿是嫌陈公子太小，便放声大笑起来，"俗话说，女大三，抱金砖。你也才大他5岁吧，没什么了不起的。你阿妈不就大我5岁吗？我们不也过得好好的？"

"您当然不怕，阿妈比您早老了，您又娶二房、三房了。我呢，我也会像阿妈早老了，他以后也像您一样娶二房三房，他快活，我可苦了，黄脸婆没人要了。"王锦秀嘟着嘴，还是一副不满意的样子。

"我的乖女儿，不要再挑三拣四了，难得遇上这么有才华的神童。先把婚事办下来，男孩子长得快，过几年他就会像个大小子了，能上床不就结了？"王进财对女儿的反对意见不以为然，大手一挥，下命令似的。

"好了，明天就差人与陈家商量你的婚事去。"说完，王进财头也不回地往迎春楼找那个名妓青娥姑娘去了。

王锦秀被父亲这么一说，也没了主意，但她心中也打着小九九。其实她一直爱着远房表哥马俊杰，只是他家很穷，自己的父亲又是个市侩之人，势利的不得了，很是嫌贫爱富，因此他俩只能偷偷相爱，一直无法搭上这条情缘红线的。这事该怎么办？好，咱问表哥去。

王进财前脚刚走，王锦秀后脚就跟着出门了。她来到镇西头一座旧围龙屋里，看到马俊杰正在读书，便一把抢过书本扔在地上，哭着说："表哥，你是真傻还是装傻，为什么不去对诗选婿？我马上就要被人夺走了，你还有心思看书？"

马俊杰苦笑道："谁叫我家穷得叮当响，你阿伯[1]又那么瞧不起穷人，我有什么办法呢？再说你出的对子那么难对，我也想不出好对子呀，去了也是白去，还不如眼不见为净，省得看到你被人抱走了心疼。"

王锦秀一听，一把抱住他说："你真的心疼？那好，有你这句话我就安心了。"

马俊杰也紧紧搂住她说："好秀秀，我真的好想你，真的不想让你嫁给别人。"

王锦秀就笑了："我现在有个两全其美的办法，反正陈家那小子才11岁，又不懂男欢女悦之事，让他为咱们做挡箭牌，咱们就可以天天找乐子了。"

"这……他会一天天长大的，几年以后咱俩可就做不成露水夫妻了。"

"嗨，管几年以后的事做什么，现在快乐就行了，等他长大后再说吧！"

"哇，我的好表妹，你也色胆包天了。"马俊杰说着说着，就一边搂着锦秀，一边把手伸进她的酥胸里摸摸索索。

"你这个冤家呀！"王锦秀兴奋得脸庞都涨红了，一边假假地骂了一句，一边就将嘴贴在表哥的嘴上。于是，两个男女便扎成一堆，找了半天乐子了，还依依不舍。

谁知就因为这"情"种，在王家与陈家之间种下了祸根；更因为这条"情"根，给黄龙潭镇埋下了血洗火烧的覆灭种子。

四

　　黄龙潭首富陈金水接到官墩镇王进财家送来的喜讯，不但没有高兴，反而愁云满脸，唉声叹气。他知道王进财是个贪财的人，人品不是很好，声誉也不高。而自己的儿子虽然还没有长大，却可以看出是个有侠气的人，将来如何面对那样的岳父？唉，要怪就怪儿子，无中生有，去招惹什么"红祸"来了。

　　忽然，门外响起一阵鞭炮声，原来是几个生意场上的朋友听说陈家与官墩首富联姻，赶来祝贺放起鞭炮来了。唉，如今这事传遍全金城县了，想赖都赖不掉，只好将就着与王家联姻了。

　　两镇都是首富办喜事，又都是生意场上的走红人物，那酒宴的气势自然与人不同，两家都在当街摆出上百桌酒席，连着宴请宾客数日。那几天，两镇的上空终日飘着酒香，招引来一群群乞丐，围着两家的大院，唱着各种好听的曲调和颂扬的赞歌。

大家都在乐着，喝得醉醺醺的，就苦了一个人——王锦秀。她看见陈光宗嘻嘻哈哈的，知道他完全不晓得结婚是个什么概念，只把结婚当作一件好玩的事、热闹的事，而自己就惨了，真得要守活寡几年了。

拜完天地，举行完结婚仪式后送入洞房时，闹了一会儿洞房，陈光宗就与一伙小朋友出去玩了，他似乎并不懂得结婚是什么意义，反正挺好玩的，就玩玩呗。

王锦秀气恼极了，好你个小子，你就只会找你的乐子去，那好，我明天也找表哥去，各找各的乐子，这事就算扯平了。

五

刚过门没几天，王锦秀就找借口说从小都在父母身边，一天也没有离开过，现在突然离开了五六天，心里非常想念父母；再说陈光宗年纪太小，也不会与她玩，就让他安心读书，自己要回娘家住一些日子。公婆见她说得有理，也不好阻拦，就让陈家轿夫将她送回官墩镇。

王锦秀一回官墩镇，就没日没夜的与表哥黏在一起，如胶似漆，不想分离。她早已把陈光宗忘记了，心中只有马俊杰，天天跑到马家的围龙屋去，而且把父母的陪嫁金、公婆送的见面礼以及亲戚送的红包，拿了许多给马俊杰。

这马俊杰有了银子，也就打扮得光鲜起来。他本来就长得武高武大，又学得一手好拳法，在镇上耀武扬威，欺老凌弱，也是地痞流氓一类的孬仔。如今，不但有了银子花，还有美若天仙的表妹天天扎堆找乐子，更显得不可一世，骄横霸道。他还仗着与全镇首富王进财有远亲的关系，对镇上一些外地人开的商店强收保护费，谁要是不给钱，生意可就难做了，因为王家的势力谁都清楚，没人敢得罪这个家族。

久而久之，马俊杰就更加嚣张了。有一回，他双手捧着一只百来斤重的大石，放在外地商家大门前，叫店主端起它，就不收钱。如端不起，就要店主往石上放一块银子。不少外地人来官墩镇开店，都是忍气求财，别说没有那么大力气端不起大石，就是搬得动，也不想惹这地痞，还是给他一块银子破财消灾吧。

马俊杰经常在镇上搞恶作剧，偏偏遇上个王锦秀喜欢看热闹，每逢表哥搞出新花样整人时，她就觉得很开心。于是两人就有些臭气相投的况味。

王锦秀与表哥这种暧昧的关系一直维持了两年之久。两年后的陈光宗已长成一个美少年，虽然年纪才十三四岁，但练武之人身体壮实，已经发育成熟，倒也

名臣
mingchen zouyinglong
邹应龙

懂得了一些男女之事。可是，他发现妻子王锦秀对床上之事不太感兴趣，而且待在陈家的时间极少，总是找借口回娘家，一去十天半个月不回来。

陈光宗虽然不知道她常常回娘家的太多理由，但总觉得有些不对劲。可他又说不出原因，总不能无缘无故地猜疑人家，何况还是自己的婆娘。

有一天，陈光宗带着王锦秀回娘家探亲，因路途有些遥远，便决定在岳父家多住几日。第二天晚上，陈光宗半夜起来小解，见院子东头的厢房里还亮着灯光，便蹑手蹑脚潜过去，伏在窗户边听屋里的动静。

屋子里传出王进财的话声："田太郎，你也是生意人，咱俩也算打过几次交道了，我把那么贵重的商周青铜器都贱价卖给你，你说咱们的交情还不够深吗？"

只听另一人用不很顺畅的中国话说："王大爷，你的，有良心的，我知道的。可这次不一样的，首领要的是金城县所有富人的名单，还有地址的，你通通的给我，不然，你全家也死了死了的。"

咦，这不是前一次到黄龙潭来闹事的那个日本浪人的声音吗？他怎么半夜会在王家出现？

这时，屋里又传出王进财的声音："我要是为你提供了名单，你能保证我全家人的生命和财产安全吗？"

"当然的，还要奖励的，让你赚好多好多银子的。"日本浪人说。

陈光宗一下还没有明白过来，日本人要所有富人名单干什么？但也清楚岳父是个贪财之人，有利可图的事他一定会办。

这时，屋里的声音渐渐低下来，听不见了。陈光宗觉得他们是在谈生意，也没有兴趣再继续听下去，便回到自己房中去睡觉。

这天晚上有点热，王锦秀只穿着一件红肚兜，又将被子蹬去一半，露出丰满的身子，雪白的肌肤，身上还发出一阵阵幽香。

陈光宗此时已是14岁的少年了，练武又使他的体魄显得更为壮实。也算情窦初开吧，对烛光下的睡美人动起情来。虽然这两年自己还不太熟悉"情"事，有几回都是王锦秀教他如何如何，才算做成那事，但总觉得干那事没多少吸引力，还不如几个小兄弟一起练武好玩。今天晚上也一样，锦秀睁开眼睛看到他坐在身边痴痴地望着自己的身体，便一把将他抱到肚子上，搂着他教他如何做那事。陈光宗按照锦秀说的动作弄了一会儿，竟弄出一身汗来，心里便急躁起来，说了声"没意思"，就滚到一旁睡觉了。

王锦秀见他做不成那事，气得心里直骂娘。暗暗发恨：明天我就找表哥乐去，你这小鬼头真没用！

第二天，王锦秀打扮得花枝招展，刚吃过早饭，就对光宗说："你在家好好读书练武吧，我到外面玩去。"

陈光宗也不在意，她天天都爱出去玩，她爱怎么玩就让她玩去，省得在眼前总喜欢捏自己的大腿，有时还在自己身上到处乱摸，讨厌死了。

可是，锦秀出去半天了，还不见回来。他想：这么贪玩的婆娘，不好。便走出王家，往街上寻去。

六

官墩镇街道有两里长，两旁开满了各种铺子，有些繁华。要是与前几年的黄龙潭相比，就逊色许多了。黄龙潭有四大公栈：笋帮公栈、茶叶公栈、金龙货栈、大商粮行，都是上等级的公栈。而官墩没有这么大气势的公栈，都是一些中小型的商店和小吃店。但近年黄龙潭风水被破坏后，物资集散地的中心便渐渐转移到官墩镇来，这里也慢慢繁荣起来了。

陈光宗信步走到镇西一座围龙屋前，突然听到王锦秀的浪笑声从屋里传出来。他急忙闪到一株大树后，又几下子爬上树，探头往院子里一看，傻眼了。只见院门紧闭，院子中央放着一张小桌子，摆着水果、糕点、酒酿，王锦秀正坐在一个青年人大腿上，举着酒杯，与那人喝交杯酒呢。

这臭婆娘，还敢瞒着我找野男人玩。

一股无名火从心底升起来，他牙齿咬得"格格"响，扶着树枝的双手不停地抖动。突然一个后空翻，轻轻地落在地上不见了。

过了大约一顿饭的时辰，忽见陈光宗带着几个小兄弟，来到马家的围龙屋前。陈光宗手一挥，但见几条人影"嗖嗖嗖"飞上围墙。原来，陈光宗的几个小兄弟都有一身轻功，一个个身轻如燕，马家的破围墙哪里挡得住他们。当他们悄悄进入传出浪笑声的小阁楼时，果然发现马俊杰搂着王锦秀正在亲吻。于是几个人一声唿哨，踢开房门，冲进屋里，一把把短剑刺向马俊杰。

王锦秀一见这阵势，吓得一声惊叫，钻到桌子底下去了。

马俊杰却是老练，一见几个小孩子要来刺杀自己，嘴里轻蔑地哼了一声："就你们几个小鬼头，也想来找大爷的麻烦。可笑！"

他仗着武功不弱，丝毫不把陈光宗他们放在眼里，空手就与他们搏斗起来。

打了几个回合后，他发觉来者不善，自己太小看他们了，原来这几个小家伙武功相当了得。于是他使出看家本领，与陈光宗等人打得难解难分。但终因自己手上没有武器，又被众人围着厮杀，险象环生，身上已被短剑划破数道伤痕，殷红的鲜血渗出，染红了白衬衫。

他渐渐抵挡不住了，突然一个旱地拔葱，跃到陈光宗面前，使出梅花拳法，疾风骤雨般向他攻打。几个小兄弟见势不妙，急忙护住陈光宗。就在这电光火石一闪的间隙，马俊杰车转身，从窗口跳出去。

几个小孩子也跟着冲下楼，一路尾追而去。

陈光宗与小兄弟们奋力追赶，追出近五里路，眼看就要追上了，忽然从路旁一株大树后闪出一个人，拦住了去路。

"太郎君救我。"马俊杰一见那人，急忙向他跪下磕头求救。

陈光宗一看，又是那个到黄龙潭闹事的日本浪人田太郎。只见他将东洋刀舞得"呼呼"响，向陈光宗劈来。光宗急忙举起短剑迎去，只听"喀嚓"一声，短剑被劈成两段。光宗一个后空翻，退出几步，叫道："弟兄们，小心，这东洋鬼子厉害。"

名臣
mingchen zouyinglong
邹应龙

"太郎君，把他们全杀了。"马俊杰得意忘形地叫道。

日本浪人又舞着东洋刀逼过来，陈光宗和小兄弟们合力围攻，但他们使的都是短兵器，没有东洋刀的威力大，被逼得手忙脚乱。陈光宗见势不妙，急忙向日本浪人抛去一个纸团。

日本浪人见有一团东西飞来，忙挥刀劈去，"哧"的一声，一阵白色的粉末散出，呛得他连连咳嗽不止。待那阵白粉末散尽，几个小家伙早不见了踪影。

王锦秀见小老公追打情哥哥去了，忙整整衣裙跑回家。她恨死陈光宗了，经这么一闹，表哥肯定不能再待在官墩镇，以后到什么地方去找表哥乐呢？

血溅黄龙潭

七

陈光宗和小兄弟们直接回黄龙潭了。

一连几天，不见王锦秀回来，父母觉得奇怪，追问了几次，光宗总是说让她在娘家多玩几天无妨。父母知道儿子还小，对男女之事还不太了解，他不想与媳妇在一起，也就不勉强他了。

其实，王锦秀不回黄龙潭别有原因。自从那天表哥马俊杰被陈光宗追杀出镇后，就一直不敢回家住，投靠了日本浪人田太郎，替日本人跑腿、当眼线。他恨死陈光宗了，觉得是他破坏了自己与表妹的好事，总想找机会报复。

近日他又给王锦秀寄了一封信，告诉她最近千万别

名臣
邹应龙
mingchen zouyinglong

回黄龙潭，黄龙潭可能会有一场血光之灾。王锦秀知道肯定是表哥为了泄私恨，要怂恿倭寇袭击黄龙潭。

其实，不用马俊杰挑拨，倭寇也要袭击黄龙潭的。田太郎向王进财要金城县所有富豪之家的名单和地址，就是准备一家一家抢光烧光。近几日，金城一些乡镇已有好几家富商的家被抢被烧。这事引起陈金水的高度关注，他认为近来日本倭寇不断入侵东南沿海，还不时深入山区烧杀抢夺，凶残至极，不能不防范。

他是个城府很深的人，虽然生意做得很大，但平时家中并没有多少现银存放。谁也不知道他将财宝藏到哪里去了。不过，他编了一首童谣教给儿子，要他无论如何都不能忘记这首童谣，并说如能参透童谣的奥秘，就有滚滚而来的财富。童谣是这样的：

左八右八绕三匝，月上树梢照双卡。

前半箭，后半箭，长长圆圆见天马。

陈光宗默记下这首童谣，但不明白其中的奥秘。

不过，陈光宗对有没有财宝并不关心，这几天他也没有心思去思考童谣的内容。倭寇不断在周边地区袭击富饶的村庄，村民要用自己的力量保护家乡的安宁，指望官府是靠不住的，山高皇帝远，等官兵赶到时，倭寇早抢光烧光杀光了。

因此，陈光宗联络了一批年轻人，以黄龙潭为基地，组织地方武装，抗击倭寇。这支队伍都是二十岁以下的青年，陈光宗是发起人，武功又比较高，虽然还是少年，大家仍然推举他为首领，带着这支百人的队伍，骑着马，在黄龙潭周边 30 里范围内巡逻，保卫家乡的安全。

不久，倭寇在马俊杰的引领下，侵入到距黄龙潭 50 里的金龙村。村里有一少年曾与陈光宗一起习武，在光宗组织乡勇时，他与之联系好，如果金龙村有难，他会放信鸽来求援的。金龙村出产大量木材、毛竹、白笋，也是陈金水的笋帮公栈的基地，因此该村也是个很富有的村庄。倭寇正是了解到这些，才孤军深入进犯金龙村的。当倭寇包围村庄时，少年及时放出信鸽，通知陈光宗救援。

陈光宗一接到消息，立即带上马队急驰金龙村。赶到该村时，倭寇刚好还在几户富有的村民家抢夺财物。这股倭寇只有 40 多人，但都是一些剽悍之徒，杀人不眨眼的魔鬼。他们在金城县已经血洗了好几个村庄，抢完就跑得没有踪影，估计在金城一带有他们的秘密窠穴，官府都奈何不了他们。

此时，倭寇还没有抢完，所以烧杀也还没有开始。

陈光宗立即指挥人马分割包围了几座大宅院，对倭寇来个瓮中捉鳖。

陈光宗绕到一户人家前院，听到屋里有哭泣声，大门口有一个倭寇在站岗。光宗扬了扬手，只见一道寒光射向倭寇。那倭寇连哼一声都没有，便倒毙在地。这是光宗的拿手好戏，他掷飞镖的技巧炉火纯青，又狠又准，百发百中。

见站岗的倭寇无声无息地倒下了，光宗立即跃起，冲进大院。正巧这股倭寇的头目井田也在这座大院里，一见有人冲进来，便拔出东洋刀晃了晃，嘴里"哇哇"乱叫，向光宗等人杀来。

光宗有了上次与田太郎打斗的经验，也拔出长剑迎战。他使出熟练的太极剑法，招招精妙，呼喝声声，剑锋罩住井田身上的各处大穴。

井田大惊失色，他入侵中国数月时间，大小战斗打了百余场，抢了烧了几百座房子，也不曾遇到如此厉害的对手。于是他使出浑身解数，将东洋刀舞得呼呼响，逼开陈光宗的剑锋，往门外退去。

陈光宗越战越勇，突然一声尖锐的金属断裂声响起，倭寇的东洋刀被光宗的宝剑削断。

井田突然将断刀抛向陈光宗，光宗见眼前白光一闪，忙用长剑护身，往后退了两步。就在他迟疑的一刹那，井田飞身上了围墙，又一跃，不见了踪影。

其他乡勇已经将倭寇歼灭了，这一仗打得真漂亮，入侵金龙村的倭寇几乎全军覆灭，只有几个武功高强的倭寇逃脱。

陈光宗仔细检查了倭寇的尸体，查来查去没有看到那个里通外国的奸贼马俊杰。

这次战斗的胜利，也大大鼓舞了乡民抗击倭寇的斗志。

八

倭寇在黄龙潭镇的金龙村损兵折将，不但没有吸取教训，反而恨死陈光宗了，扬言要血洗黄龙潭，杀死陈光宗全族人。

一天早晨，井田正懒洋洋地沿着狮子山秘密营地的林中小道踱步，他正在考虑血洗黄龙潭的计划。他知道黄龙潭不比一般的乡镇，黄龙潭有一支地方武装，有陈光宗等武功不错的人物，不小心就会命丧黄龙潭。

走着走着，忽然听到背后有人叫他。他转身一看，见是马俊杰，就问道："你的，什么事的？"

马俊杰说："太君，您知道一首歌谣吗？"

井田因马俊杰引路袭击金龙村时吃了败仗，丢失了许多人马，心中正懊恼着，便没好气地说："什么童谣的，没兴趣的！"

马俊杰却涎着脸皮说："太君，您听了这首歌谣后，肯定会有兴趣的。"

井田停下脚步，用疑惑的眼光盯着他："真的？你说说看。"

马俊杰便念起那首童谣：

左八右八绕三匝，月上树梢照双卡。

前半箭，后半箭，长长圆圆见天马。

井田摇了摇头，不耐烦地说："什么乱七八糟的，双卡、天马？什么东西的？"

马俊杰就神秘地小声对他说："这首童谣是黄龙潭首富陈金水家埋藏大量财宝的秘密，只要能参透它的内容，就能找到数不清的财宝。"

井田是个见钱眼开的家伙，一听说有大量财宝，忙一把抓住马俊杰的手臂，迫不及待地问："财宝的，在哪里的？"

马俊杰咧歪着嘴说："太君，您抓得我手都麻了。"

井田还是不撒手，又摇了摇马俊杰的双臂，追问道："在哪里的？"

"就在黄龙潭陈家大院附近吧？"

"好，好，我的要做一个大大的计划的。"井田一听，胡子眉毛都笑歪了，似乎就在这一刻，他下了血洗黄龙潭的决心。

但他对陈光宗的地方武装有些忌惮，又转身对马俊杰说："你的，有没有办法叫陈光宗离开黄龙潭的？"

马俊杰想了想，说："有办法，叫他离开黄龙潭，让那些人群龙无首。"

"嘿嘿嘿，好的，找到财宝，你大大的有赏。"井田得意忘形地大笑起来，好像数不清的银子已白花花一片堆在他眼前似的。

九

　　经过金龙村一役，陈光宗发现凶残的倭寇不可战胜的神话并不是真实的，他们也不过是一帮乌合之众，是日本的海盗组织，并不是什么天皇的正规军。以前听到的关于倭寇如何如何厉害的传闻，大概都是从那些朝廷官兵嘴里传出来的。自明洪武元年太祖朱元璋建立明王朝到嘉靖年间，已有160多年没有什么大的战事，所以朝廷的官兵根本不知道打仗是怎么一回事。便成为养尊处优的一族，只会对老百姓作威作福。一旦战争打起来，甚至根本算不上是场战争，只是一股流寇攻城夺县，就会把官兵吓得如临大敌。日本海盗虽然也算流寇，但他们比国内的一般流寇却大不相同。他们凶悍

名臣
mingchen zouyinglong
邹应龙

038

无比，野蛮狡诈，这样的队伍与只会吃喝玩乐的朝廷官兵对阵，当然官兵是不堪一击的。吃了几次败仗后，官兵是闻寇丧胆，草木皆兵，所以将倭寇形容得凶神恶煞一般，"鬼见愁"似的，官兵简直拿他们没办法。但金龙村与倭寇真刀真枪干了一仗，陈光宗仅用60多人，就一举歼灭了30多个凶残的倭寇，这战绩彻底打破了倭寇不可战胜的神话。于是，陈光宗鼓励小兄弟们要藐视敌人，坚定必胜的信念，并日夜抓紧在黄龙潭操练乡勇，准备将胆敢来犯的倭寇消灭干净。

这一天正是端午节，黄龙潭镇十分热闹，每年镇上都要邀请周边乡镇的龙舟队来此比赛。今年也不例外，镇里也邀请了12支龙舟队参赛，大清早河面上就响起阵阵锣鼓声，有些龙舟队队员正在河上演练。黄龙潭的人也是相当好客的，纷纷邀请亲戚来串门，共同欣赏一年一度的黄龙潭龙舟竞渡盛况。

陈光宗也兴致勃勃地带着小兄弟们在金沙溪两岸巡逻，为龙舟赛事做保卫工作。当他正骑着高头大马走到镇西的风雨桥时，忽见岳父府上的管家匆匆送来一封信。展开一看，是王锦秀写的，说她得了急病快没命了，想最后见他一面，求他无论如何今天要赶到官墩镇她家去。

陈光宗一见信，也急起来，再怎么说她也进陈家3年了，与自己同床共眠一千个日夜，多少总有些感情吧。如今得知她快离开人世，不去看她也于心不忍。即使她犯下天大的错，也只好原谅她了。

陈光宗急忙回家将王锦秀病危的消息告诉母亲，母亲也着急起来，说儿子应该去官墩镇看看她的病情，还叮嘱儿子，尽量找医术高明的郎中抢救她的生命。

陈光宗匆匆忙忙收拾了一些银两，准备抢救王锦秀之用，便骑上白马径往官墩镇去。临出镇时好像记起什么事，又转回马头找到小兄弟陈磊，心情不安地说："近来倭寇活动猖獗，你要小心防守，这边的巡逻任务就交给兄弟你了，一定提高警惕，听说倭寇特别喜欢夜里行动，晚上要加倍小心才好。"

陈磊笑着说："你放心去会嫂子吧，怕什么，倭寇敢来咱黄龙潭，叫他有来无回。"

"你千万不可大意，倭寇狡猾得很。"陈光宗还是不放心，一再叮嘱陈磊小心防守。

黄龙潭到官墩镇大约60多里路，陈光宗出发时已是下午了，待赶到官墩时天已擦黑。他顾不得擦把汗，就直奔王锦秀的住房。刚走到门口，就听到屋里传出王锦秀的笑声。他一把推开门，见她好端端的，坐在桌前与另一女子聊天。一见光宗进屋，就拉着他的手说："夫君，这是我表姐，刚从铜城府来看我。"

陈光宗一把推开她，问道："你搞什么名堂？信上不是说你病得不行了吗，怎么还好好的？"

王锦秀却不气不恼，为他倒上一杯茶，笑着说："不这样写，你会来吗？别急，明天我就跟你回家。"

陈光宗也无可奈何，天又黑了，只好在岳父家住下。可不知道为什么，这一夜他总是心惊肉跳的，一会儿梦见母亲血淋淋的，一会儿梦见父亲没了头，到天亮时，感觉头晕脑胀，沉甸甸地抬不起头来，眼皮也一直跳个不停。

他心里非常不安，吃过早饭后就催锦秀一起回家。于是，小两口便收拾了一些东西，拜别了长辈与亲人，各自骑上马，缓缓往黄龙潭行去。

血溅黄龙潭

十

刚走到半路，就遇见陈磊满身血污，撞撞跌跌迎面走来。陈光宗急忙跳下马，扶住他问："你家里出什么事啦？"

陈磊号啕大哭："不是我家出事了，是黄龙潭全镇出事了！"

陈光宗丈二和尚摸不着头脑："全镇会出什么事？你说清楚些。"

"昨天夜里，倭寇杀进镇来，抢光杀光烧光，黄龙潭毁灭了，人也差不多死光了，没几个逃出来。呜呜！"

"那我家呢？我阿爹和阿妈怎么样啦？"陈光宗迫

不及待地问。

"他们、他们全被杀了，你家大院也烧毁了。"陈磊是黄龙潭镇毁灭时幸存的几人之一，目睹了倭寇血洗黄龙潭的全过程。

端午节之夜，全镇人欢天喜地杀鸡宰鸭包粽子煮粉干泥鳅做笋饺宴请亲友客人，"猜莫晓、满堂红"喝酒行令声此起彼伏。陈金水也请来妹妹一家人观看龙舟赛，陈光宗的表妹秋棠姑娘不见表哥一起喝酒猜拳，心里有些不高兴。姑娘长大了，心思没人知道。她本来与陈光宗一块长大的，青梅竹马，早有情于表哥。谁知半路杀出个程咬金，将表哥抢了去。伤心之余，她还是希望能经常见到表哥的面，一见面就有说不完的话。今天表哥不在家，她老大不高兴，催着母亲回家。她家离镇上有 15 里路，天又擦黑了，陈金水怕她娘俩发生什么意外，就叫陈磊护送。陈磊早有意于秋棠，巴不得有这样的机会护送心中的美人，于是带了一根短棍就上路了。

待陈磊送秋棠娘俩到家时，已是一更天了。秋棠想挽留陈磊在家过夜，陈磊摇了摇头，说："不啦，光宗哥叫我保护镇上的安全，我一定要赶回去。近来倭寇经常四处骚扰，小心为好。"

秋棠知道留不住他，就塞了两只粽子给他："路上吃吧，别饿着。"倚在门旁目送陈磊消失在夜幕里。

陈磊快走到黄龙潭时，听到镇上人声鼎沸，像是发生了什么大事。当他走近镇东头风雨桥时，忽见桥上有几条黑影在游动，传来"咿哩哇啦"的讲话声。

"不好，是倭寇。"陈磊一听讲话的声音，就知道是倭寇袭击来了。他急忙绕过风雨桥，从一处竹林接近陈光宗家。靠近一看，傻眼了，只见陈家大院被倭寇团团围住，无法进去。他急忙爬上附近的一株大槐树，躲在浓荫里观察。

陈家大院里，一群倭寇举着火把，将陈家老少20多人围在中间，井田握着东洋刀指向陈金水，叫道："你家财宝的埋藏在什么地方的，快快说来，不然全都死了死了的！"

陈金水镇静地说："我家哪有什么财宝？古话说，蛇大洞也大，我家虽然做生意，但开销也大，来多少去多少，哪能积下多少财宝？"

"你不说，绑起来。苦头吃吃的就会说的。"井田话音刚落，几个倭寇就扑上来，将陈金水拖到院子中央那棵银杏树下吊起来。

井田用东洋刀在陈金水的肚皮上划了一刀，殷红的鲜血立时染红了他的白衬衫。光宗的母亲急忙挤出人群，向井田求道："我家真的没多少财宝，家里有的你们都拿去吧，求你放了老爷。"

井田不理，继续用刀锋在陈金水身上划来划去，每划一刀，就有一股鲜血涌出来。

陈金水咬紧牙关，就是不说话。

陈夫人突然发现倭寇中有一个熟悉的脸孔，细看原来是官墩王进财家的表亲，忙向马俊杰求道："表少爷，看在你是锦秀的表哥的面子上，求你帮帮忙，向太君说说情，放了老爷，我家里有多少东西，你们都拿去吧。"

马俊杰嘿嘿冷笑了两声："拿出埋藏的财宝换老爷的命吧，求我也没用。"

陈夫人只好又向井田求情，没想到井田见陈金水宁死不屈，老羞成怒，粗声喝道："你再不说，我杀了你全家！"话音未落，挥刀劈向陈夫人，只见一股鲜血喷出，陈夫人身首异处。

陈金水见爱妻被害，大骂："你们是野兽、魔鬼！

血溅黄龙潭

你们不得好死！"

"你再不说出财宝，当心太君将你家的人一个一个收拾了。"马俊杰一副走狗、小鬼子的样子，威胁陈金水道。

"呸，你这个狗腿子、狗奸贼，你出卖国家，出卖人民，你将来会碎尸万段！"陈金水还是大骂不休。

井田见陈金水不肯说出财宝的秘密，跳着脚叫道："全都死了死了的！"他下令将陈家老少一个一个推到银杏树下，砍一个人头，问陈金水一句："说不说？"

陈金水气得眼珠都快蹦出眼眶，只是骂个不停。

马俊杰为虎作伥，跟着井田嚷嚷："割掉他的舌头，他才不会骂人。"

一个倭寇用刀尖在陈金水的嘴里乱挖了几下，殷红的血水不断从他嘴里涌出来，他再也不会说话了，只发出"啊啊"的叫声。

这时，急红眼的井田一刀劈开陈金水的肚子，又下令放火烧了陈家大院，将陈金水一家20多口全抛进火堆中。

随后，倭寇又在全镇大肆烧杀抢夺，到半夜时分，黄龙潭镇已经面目全非，街道两旁的房子全被烧光了。

名臣
mingchen zouyinglong
邹应龙

倭寇是采取偷袭的办法，在夜幕中悄悄接近黄龙潭，然后发起突然攻击。陈光宗组织的那些人马，此时人人都在家里与朋友亲戚吃饭，对倭寇的突然袭击毫无防范，更别说有抵抗之力。倭寇见人就杀，一时横尸遍地，血流成河，黄龙潭变成一片火海。

陈光宗听到这里，悲声雷动，突然挥起鞭子，"驾"的一声猛喝，向前直奔，嘴里大叫道："阿爹、阿妈……"

距离黄龙潭还有五里多路，就看到镇上空大片的浓烟，还可以闻到阵阵随风飘来的焦味。

一进入镇西，一幅触目惊心的画面展现在眼前：往日繁华的街道，全变成一片废墟，满目疮痍。断垣残墙下，一根根木料还在冒烟。地上全是血水，一具具没有头颅的尸体横七竖八躺在瓦砾中。全镇静悄悄的，没有一点哭号的声音。

"人呢？人都哪儿去了？"陈光宗发疯似的，直向家中奔去。

"光宗，人都没有头了，全死光了。"陈磊随后赶到，哭着喊道。

"阿爹，阿妈，你们在哪里？"陈光宗一看偌大的一座陈家大院，全趴在地上了，到处是余火"哔哔叭叭"响，浓烟一柱柱升起来，阵阵腥臭味令人作呕。他的父母都已被烈火烧得面目全非，成了一根根黑炭了。

陈光宗跪在地上痛哭，悲愤不已。

王锦秀也跪了下来，不住地啼哭。她心里明白，黄龙潭的毁灭，她家是逃不了干系的，当然黄龙潭人并不知道，就连小丈夫也不知情。首先全金城县富人的名单，是父亲提供给日本浪人的。那个浪人田太郎其实就是倭寇的探子，他以做生意收集古董为名，收买了一些内地的官员和商人，得到不少情报，提供给倭寇，作为袭击的目标。其次，金龙村一役，倭寇损兵折将，对黄龙潭的乡勇恨之入骨，早就想报复血洗黄龙潭。第三，表哥马俊杰实际上已成为倭寇的耳目，倭寇昨晚要袭击黄龙潭，表哥信里曾暗示过，所以她称病危将陈光宗叫到官墩来，就是为了避免他有血光之灾。她不能失去他，她的下半辈子要依靠他。她知道表哥是靠不住的，既然都可以出卖人格当外国人的走狗，将来有一天也可能出卖她，这是他的人品所决定的。但她没有想到，自己中了表哥的"调虎离山"计，虽然保住了陈光宗的命，却丢了黄龙潭全镇人的性命。如果有陈光宗在，就不会群龙无首，那支地方武装的战斗力也会大大加强，说不定倭寇就捞不到多少好处去，至少黄龙潭可能不会被烧光。

王锦秀哭得很伤心，她的哭声中，有为失去公婆而悲痛的真情，也有明知黄龙潭有灾难而无法挽救的悔罪之意。倭寇的势力那么大，连官府也奈何不了他们，何况自己只是一个弱女子？

十一

　　一连七天，官府派来收尸的人都在废墟中翻找遇难的人。黄龙潭镇数千人口，一夜之间被灭绝了，只有少数在外经商的人幸存下来。这些幸免于难的人听到黄龙潭毁灭、亲人不幸遇难的噩耗后，一个个急匆匆赶回家来。但他们都没有家了，原先一座座气派辉煌的大宅院全成了废墟；一张张亲切可爱的笑脸再也见不到了。他们跪在瓦砾中哭天抢地，喊哑了嗓门，哭干了眼泪，可他们得不到亲人的回音，看不到亲人的笑容。

　　他们聚集到陈光宗家的废墟前，看见陈光宗也是泪人儿一个，眼睛都哭肿了，只好安慰道："陈家小兄弟，我们哪家没有失去亲人、失去财产，谁不痛心疾首？恨不得将倭寇抓来千刀万剐。现在的问题是：死者应入土为安，生者应坚强不屈，咱们可不能全趴下呀！要是全趴下了，那黄龙潭真的就没有希望了呀！"

劫难余生，大家除了狠狠咒骂一顿倭寇后，也无计可施。想要重兴黄龙潭根本就不可能，一是金沙溪改了道，镇上一长溜七个码头作废了，物资集散地的地位没了，重振贸易雄风只能是梦想；二是全镇彻底毁灭了，财物又被倭寇抢得一干二净，没有了物质基础；三是人死光了，靠谁来重兴集市？

陈光宗痛定思痛，觉得是自己没有保护好黄龙潭，对不起全镇的父老乡亲。他含泪掩埋了亲人的尸体，又在陈家大院废墟上重新搭盖了几间草房，让王锦秀经营祖传的小吃生意，便天天上村后虎形山上练武，以期武功精进，为黄龙潭人报仇雪恨。

黄龙潭虽然被毁了，但这里是交通要道，过路的人还是很多的，又是方圆 30 里内仅有的一处大镇，客商多半会在此过夜。看到这种地理上的优势，陈光宗就向岳父借了一些银子，在老宅基上盖起兴隆客栈，生意也慢慢好起来。老岳父本来是一毛不拔的铁公鸡，但这次黄龙潭被毁一事，他良心上多少也受到过谴责，因此破例肯借银子给女婿起家。

王锦秀经过这一番变故，也安分多了，倒有心助光宗重兴家业，帮着丈夫打理客栈、小吃店。她脸蛋长得漂亮，嘴巴也甜，客人都喜欢上她家来吃饭、住宿。不到两年，陈光宗不仅还清了借来起家的本钱，还盈余了不少，王锦秀也为他生了一对龙凤胎。本来这样的小日子过得还算舒心，但光宗念着报仇的事，看看家景好过了，便拿出一些银子来，招募了一批热血青年，在黄龙潭重新拉起地方武装，点燃了复仇的火焰。

这次组织的队伍只有40多人，力量和气势都不如先前的壮观。但这些人都与倭寇有家仇，许多人的父母或亲戚死在倭寇的魔掌之下。同仇敌忾，气势自然不同，这些人经过一段时间的训练，一个个生龙活虎，精神抖擞，武功精进，大有以一当十的战斗力。

这段时间，陈光宗暗地里派陈磊带领几个人，四处哨探倭寇的秘密营地。

距离黄龙潭二百里之遥的狮子山，是一座地势险要的大山。山中林木茂盛，道路崎岖，险关重重。金沙溪从山脚下绕过，水路交通很是便捷。从狮子山下的渡口沿金沙溪顺流而下，不到百里就是海边，而这一带人烟稀少，便于大队人马隐蔽。

陈磊与光宗一起练武时，听教师讲解过攻城略地的战略战术，因此一眼就看出狮子山是军事战略要地。这样的险要地方，经常会成为土匪的巢穴。倭寇的行踪神出鬼没，他们会不会选此地为秘密藏身地呢？

陈磊是个细心之人，便与两位兄弟在狮子山金沙溪对岸附近一农户家中住下，暗中观察狮子山上的动静。

一连两个夜晚，狮子山下的渡口处都出现火把，有许多人从山上小路下来，往停靠在河边的大篷船上装东西。狮子山上并没有村庄，哪有人家住？更奇怪的是晚上哪来的那么多人在山中出入？

陈磊就绕道下游二里处，雇了一条小船划到对岸，摸近渡口细看，果然发现是一群倭寇正在装运抢来的东西，准备运出海回日本去。

陈磊急忙连夜赶回黄龙潭，向陈光宗汇报了敌情。

陈光宗认为这是歼灭倭寇的好机会，迅速召集人马，赶到狮子山渡口下游 50 里处的铜城湾埋伏，准备在水上歼灭倭寇。

十二

　　铜城湾河面较宽，水流平稳，两岸芦苇密布，便于隐蔽人马。陈光宗选中这里为伏击倭寇的地点自有他的道理，因为船到了这里速度会缓慢下来，目标容易击中。而陈磊却持不同看法：应该选河道狭窄、水流湍急处伏击，容易将敌船弄翻。

　　陈光宗一听，摇了摇头说："你只知其一，不知其二。水势急有好处，但我们的人也难以靠近敌船，船速太快了，很容易逃走，追不上。另外，我选在铜城湾水深处埋伏，另有妙招，到时候你就会知道。"

　　见光宗说得有条有理，陈磊也不吭声了，大家分头带领人马埋伏去。

太阳偏西的时候，上游来了 5 只篷船，每只船上都坐着七八个汉子，身挂东洋刀，一眼就可以看出是日本浪人。他们以为这一带人烟稀少，水路上更不会有人，于是大摇大摆坐着船往海边运送物品。

船队慢慢进入铜城湾，速度慢了下来，有人开始划动木桨，发出"咿呀咿呀"的桨声。

这时，陈光宗向一队青年挥了一下手，轻声喝道："下！"

只听芦苇丛中发出一阵轻微的声音，十几个青年立时沉没在河水中。

不一会儿，那 5 条船上的人都出现了骚动，有人惊叫道："不好，船漏水了！"

陈磊这才明白光宗的战法，轻声道："好兄弟，原来你早有预谋，这里水深，便于潜水，难怪选此为伏击地。"

陈光宗见倭寇船上乱成一团，又对几个青年下令："放火箭！"

只见一支支火箭飞向大篷船，一瞬间 5 条篷船上都着了火，倭寇一个个惊叫着跳下水去。

"不能放走一个倭寇！"陈光宗挥剑下令，一只只小船箭一样从芦苇丛中冲出，众兄弟见到倭寇都咬牙切齿，恨不得将他们碎尸万段。如今看到他们一个个像落水狗一样，纷纷举起刀枪往水中挣扎的倭寇身上招呼。不一会儿，5条大篷船又是起火又是灌水，慢慢沉入河中。河面上游动的几十个倭寇一个不剩，全打发他们到阎王爷那儿报到去了。

收拾了船上的倭寇后，已是日落西山了。陈光宗对大家说："咱们乘胜追击，捣了倭寇的老巢，彻底挖掉他们的根。兄弟们再辛苦一阵，待消灭了这批倭寇，我办庆功酒宴请大家。"

"好！上狮子山去。"

狮子山的道路很复杂，如果从正面上山，那条进山的峡谷是个"一夫当关，万夫莫开"的险要道路，会造成很大的伤亡。陈磊也考虑到这一点，因此侦察时就请了一位当地樵夫，带着他从一条小路上过一次山。现在由他带路，绕过狮子渡，从下游10里处上山，在暮色的掩护下，不易被倭寇发现。

他们很快接近了倭寇的秘密营地，由于大股倭寇随大篷船押运货物走了，只留下20多个守营。这些倭寇认为营地秘密，官府的人早被收买了，官兵又吓破了胆，因此没人会来袭击狮子山，可以高枕无忧了。于是，掌起灯来，喝酒玩乐赌博，只留两个人在营寨外站岗。

陈光宗摸近营寨，发出两枚飞镖，打中两个站岗的倭寇的喉咙，那两人连哼一声都没有，就倒下去了。

陈光宗一脚踢开寨门，冲进大营中间那座大厅。但见火光中井田正与马俊杰正在喝酒赌钱，显然两人玩得很高兴，没有觉察出有人进入寨营。

仇人相见，分外眼红。一个是杀害全家、全镇人的刽子手；一个是出卖祖国、出卖人格的奸贼与情敌，都是不共戴天的仇人。

陈光宗挥剑直劈井田的后背，老奸巨猾的井田虽然有些醉意，但警惕性还够高，听到背后有风声响，立即拔刀横扫，挡住了陈光宗劈来的一剑。

陈光宗一击不中，就施展出太极剑法，剑招儿绵绵不绝地击向井田身上的要穴。

马俊杰也出剑合击陈光宗，陈磊随后赶到，大喝一声："看剑！"截住马俊杰厮杀起来。

小兄弟们趁机在营寨四周放起火来，一时风声喊杀声哭号声响遍山谷，倭寇一个个抱头鼠窜，黑暗中不辨东西南北，被陈光宗的小兄弟们全部解决了。

井田似乎觉察到已经全军覆灭了，一时方寸大乱，渐渐抵挡不住陈光宗的凌厉攻势，一步步往后退，想寻机冲出大营。

陈光宗看出他的意图，剑招更加凶狠，长蛇吐信般咬住井田不放。

"着！"陈光宗突然一声断喝，长剑挑断了井田的两根肋骨。

井田浑身一阵颤抖，渐渐垂下握刀的手臂。

陈光宗正想挥剑劈向井田的脑袋，突然听到井田一声号叫，双手一拢，竟将东洋刀向自己的腹部插入，剖腹自杀了。

陈光宗见井田已死，转身挥剑杀向马俊杰。

陈磊正与马俊杰斗得难分难解，陈光宗突发一剑，以迅雷不及掩耳之势刺进马俊杰的后心；陈磊趁势往他胸前补了一剑，马俊杰便像一截木头一样"轰"的一声倒下了。

这个倭寇盘踞了十年之久的秘密营寨，终于烟消灰灭了。

狮子山的倭寇剿灭了，然而，东南沿海还有不少地

名臣
邹应龙
mingchen zouyinglong

方时常受到倭寇的骚扰。陈光宗经过几天的思考，对妻子说要去投军，跟随抗倭英雄戚继光杀倭寇去。王锦秀含着泪劝了几次，无奈光宗心志已决，说是这两年自己武功有了很大的长进，国家又有难，倭寇横行东南沿海，多少人家破人亡，倭寇不除，人民的安宁无法保证，男子汉这时应该报效朝廷，不能恋着小家。况且戚家军就在沿海一带打倭寇，自己会经常回来看她和孩子的。

这一番大道理说得王锦秀只有点头的份，就安慰说："既然你主意已定，就去为国出力，报效朝廷吧。只是战场上刀枪无眼，一定要处处小心为好。"

陈光宗也动情起来，抚摸着王锦秀的背，将她紧紧拥在怀里，说："娘子放心，为夫一定好好保护自己。待杀尽伤天害理的倭寇后，我就回来好好与娘子守家业，开小吃店，也像岳父一样，办出小吃店的规模来。再找出阿爹埋藏起来的财宝，重兴笋帮公栈。"王锦秀默默地点了点头。

他们似乎看到了光明，看到了黄龙潭的新生。

黄龙潭能否凤凰涅槃，浴火重生？没有人知道。

十三

不过，自从黄龙潭毁灭后，这个镇就再也没有办法恢复先前的气派，虽经后人努力，也只恢复了半条街。原来二里长的街道上，千百座楼房被烧毁后，留下的地基统统被人开垦成果园，种上板栗树。陈家大院的那株古银杏树周围，都被人翻了个底朝天。这自然是那些掘宝淘金者的杰作。那些人有本地的，也有外地的；有白天明目张胆来挖宝的，也有趁月黑风高来偷偷掘宝的。当然，这些挖掘宝物的人都会念陈家那首童谣，都想得到那批宝物。但几百年来，没有一个人挖到真正有价值的宝物，即使挖到一些古董，也不过是铜钱古币一类的，应该是倭寇抢夺财物时撒落地上，又被倒塌的墙壁与灰烬掩埋在地下的。

一直到了公元一千九百七十年代初期，黄龙潭还没有改变衰败的气象，当然早已没有了镇的称号，只是隶属于官墩镇的一个小小的行政村，人口不上千人，分为一、二、三3个生产队。

镇东头第一生产队的陈小宝是陈光宗的后裔，大概祖先的智慧也传承到他的脑子里，因此他总比别人更有办法，不管是为生产队搞好高山农田创高产还是搞集体副业，他都能拿出好点子。乡亲们见他有能耐，就保举他当个搞副业的副队长。

他一当上这没品的"官"后，果然不负众望，让乡亲们大大兴奋了一场。他找到官墩镇供销社业务股股长王艳萍，先套近乎。原来王艳萍就是王锦秀哥哥的后裔，两人曾经在官墩中学一同念初中，是同班的。王艳萍是班上的班花，身材高挑，脸色白里透红，爱留长发，一条乌黑闪亮的大辫子尾梢，打着一个粉红色的蝴蝶结，走起路来大辫子左甩右甩，吸引了不少男同学的目光。当时还是"文革"期间，停止了中考高考，中学生毕业后就只能回家"修地球"，城镇户口的中学生就开始"上山下乡"接受贫下中农的再教育。因此，初中毕业后，王艳萍就接父亲的班，到官墩镇供销社上班了，也就是说有"皇粮"吃了，令全班同学羡慕不已。她又能说会道，搞业务有一套，很快就被主任看中，选为儿媳妇。主任的儿子参军去，在云南麻栗坡驻防。结婚的时候，陈小宝还给她送去一床红绸缎被套，当时买这一床被套虽然才花20多元钱，但那时钱大，一斤猪肉才七角四分，一元钱能买6斤大米。

陈小宝为王艳萍送大礼，艳萍也很感激。两人在班上都是学习尖子，艳萍是学习委员，小宝是班长，经常在一起干班务。小宝语文数学成绩都好，艳萍的数学差些，常找小宝帮助解题，小宝也是满腔热情地帮助这位班花。因此，两人的友谊比一般同学更深。毕业后，小宝回家种田了，感觉自己是个农民，人家艳萍吃上"皇粮"，就不敢自作多情向她倾吐爱慕之心。当然，小宝也没有这种机会，因艳萍进供销社不久，就被主任选为儿媳妇了，而且还是个军嫂，谁敢动她的歪念头？

可是，王艳萍红颜薄命，刚结婚不久，丈夫就参加了那场举世瞩目的自卫反击战。她整天提心吊胆地过日子，盼望丈夫平安归来。可她盼来的只有丈夫的一缸骨灰，她哭得死去活来，曾有一段时间发生了神经错乱。

陈小宝得到消息后，也约了一帮同学来安慰她，还陪着她到处看医生，终于使她的情绪慢慢稳定下来，恢复了正常。艳萍也很感激小宝在她人生最艰难的时刻能陪伴她，给她信心与力量。自此以后，两人的来往就更密切了，但还没有发展到谈情说爱的火候。

这次小宝来找艳萍，是了解生产队搞副业的信息。正好已经到了下班的时间，小宝就在官墩市集上买了一只板鸭、一斤笋包、一斤"金包银"和一盒烧卖，这些小吃是当地有名的，也是艳萍最爱吃的。当他提着小吃走进艳萍的单身宿舍时，艳萍眉开眼笑地迎上来，一迭声地说："我正想去买些小吃解解馋，你就送来了，你真是我的福星咧！"

小宝放下手上的东西，也打趣道："我这次是来求你这位财神爷的。我负责队里的副业，正愁没门道呢？"

艳萍一听，乐了，说："真是来得早不如来得巧，我刚刚接到一批小圆竹的业务，正想下乡找货源。这不，你就来了，这业务挺有赚头的，你就领去，打响搞副业的头一炮。"

小宝一听，高兴地一把握紧艳萍的手，连声说：

"你真是我们的财神爷，我代表全队人谢谢你！"

艳萍两眼发光，盯着小宝的脸说："真的？你怎么谢法？"

小宝觉得有些失态，忙松开手，想不到艳萍反而握紧了他的手，痴痴地说："你回答我，怎样谢法？"

小宝一时不知如何回答，只是握紧她的手，双眼也一动不动地看着她那张姣美的脸。

艳萍这时显然动情了，轻声说："我要你一辈子对我好，你能答应吗？"

小宝一把将艳萍抱紧，连声说："我会一辈子、两辈子对你好！"

艳萍伸手在他脸上捏了一下，嬉笑道："别臭美，一辈子还嫌不够，还要下辈子再让我侍候你。"

这天中午两人酒足饭饱，情意缠绵地聊了两个钟头后，小宝便兴冲冲地赶回黄龙潭，布置砍小圆竹的工作。全队 30 户人家，每家砍一万支小圆竹，20 天内交货。这种小圆竹满山都是，平时贱得像野草，都是砍去搭瓜棚、种四季豆用，想不到如今变宝了。小宝领来的任务是 50 万支小圆竹，全队每户一万支，共 30 万支，留 20 万支给民兵砍，个人创收，集体也要创收。供销社每支给一角钱收购，队里每支给社员 8 分钱。留 2 分钱干吗？一是队里派干部监督要误工补助，二是为接待验收人员开销。不过社员也挺满意的，这 20 天辛苦下来，每家能获得 800 元的收入，这是 3 个强劳力一年的收入哇！大家欢欣鼓舞，都称赞小宝有办法。

其实，小宝的脑子里多的是主意，只是不敢提出来。因为前几年搞"一打三反"运动，大割资本主义尾巴，队里种的一大片水蜜桃都被砍掉，连社员房前屋后种的菜也当作"尾巴"割了，哪还敢出什么赚钱的主意，弄不好自己还会被当作复辟资本主义的反革命分子抓去批斗呢。

不过，近来政策好像有所改变，对搞副业方面不再卡得太紧。于是，打响头一炮后，社员们干劲大增，又怂恿小宝再找门路赚钱。小宝也想，走致富道路难道也有罪？我就算被批斗也无所谓，为了乡亲们富起来，我甘冒风险。

小宝又找艳萍弄来砍芦苇秆的任务，也让大家赚了一笔钱。这一年，全队每家搞副业增收 2000 多元。大家从来没有像今年这样开心过，过年时，每家轮流宴请小宝，让小宝好生感动。

可小宝并没有感到快乐，农村还很穷，乡亲们都不富裕，如何改变这种状况？他的脑子又开始活动了。

十四

陈小宝的脑子实在太灵了，他抓市场信息很有一套，不但与供销社有长期业务关系，而且还到金城县里与医药公司挂上钩，由他们提供中药白术、紫苏、薄荷、使君子、杜仲等药材种籽，安排社员上虎形山开辟了大片的荒地，种上中药。这一个项目产值就达到30多万元，生产队每年增收3万元。别小看3万元，比村里的收入还多呢！

小宝在抓副业上大显身手，爱情上也有良好的发展。就在1976年那个全国人民难忘的金色秋天，他与王艳萍终于组成幸福的家庭。

婚后两人在一起的时间长了，艳萍不免会感叹时下农村经济不发达、农民太穷等社会现状。小宝开玩笑说："要是我能猜出先祖童谣的奥秘，挖出大量的金银财宝，就可以重兴黄龙潭，让乡亲们过上好日子。"

"对呀，你脑子灵，快猜猜吧。"艳萍也一本正经地附和着。

"这'左八右八'是指什么？这长长圆圆又是指什么？这双卡又是什么？"小宝真的动起脑筋来了。

艳萍脑子一激灵，对小宝说："哎，咱老祖宗的宅基地上不是有一株千年银杏树？这童谣里也有'月上树梢照双卡'句子吗？咱们到银杏树下瞧瞧。"

小宝点了点头："有道理。可是，几百年来，那树周围都被翻了个遍，也没听说谁找到宝哇！"

两人就到了老宅基地前，那株古银杏树活了上千年，据说是宋代陈姓先祖从兴化府迁徙来黄龙潭时带来的树种，真是历尽沧桑，但生命力却还强盛，枝叶繁密，每年还结出不少果子。可这树下只是一大片开阔地，都种上板栗树了。这些板栗树不算太高，而比三层楼房还高的银杏树独处其间，就有一种鹤立鸡群的威仪。

小宝在银杏树下绕了三匝，却悟不出什么来。他嘴里念着"长长圆圆见天马",突然一拍脑门:"对了,长长圆圆的东西不就是原木吗?我老祖宗不但做白笋干生意,而且也做木材生意;还有,双卡不就是榨笋干的卡吗?我看这童谣就是告诉我们后代,要立足本地资源,才能创造出财富来。"

艳萍对此也有同感,她笑了笑说:"依我看,你那老祖宗根本就没有埋藏什么宝物,他编出童谣只是想教育后代,要珍惜脚下的土地,要在本土上创造财富罢了。"

小宝也觉得艳萍的话不无道理,否则,几百年来,为了这首童谣中神秘的财宝,多少人前来淘金,多少寻宝高手甚至武林高手都光顾过黄龙潭,简直要把它翻个底朝天,也没听说谁找到宝物。

这么一想,小宝的心就更明朗了。黄龙潭满山遍野是木材、毛竹,森林资源丰富,只要政策允许,咱就在这大山里闯出一片新天地来。

有了这种思想准备后,小宝便时时关注国家政策的变化。不久,执政党中国共产党的高层领导人果然做出了历史性的决策,吹响了改革开放的号角。黄龙潭立时像一潭平静的清水中投入一块巨石一样,激起阵阵波澜。农田包产到户，农民多少年来盼望手中有土地，如今变成现实了。

集体林区改革也出现喜人的势头，林农有了自己的山、自己的林，干劲更大了。林业生产与农业生产一样，呈现出一派欣欣向荣的景象。

陈小宝的脑筋又活动起来，他与艳萍商量："咱们黄龙潭满山都是木头、毛竹，森林资源这么丰富，如果流通渠道不畅，也是白搭，产生不了多少效益。我老祖宗已经提示我们，可以在长长圆圆这方面做文章，我看现在党的政策这么好，全党全国都在抓经济建设，咱们也可以成立个木材贸易公司，大赚一把。"

艳萍点了点头，说："主意是好，但也有许多困难，比如农民办公司，这是敢吃螃蟹的第一人，工商、税务、林业等部门能否开绿灯还不知道，再说资金也是个问题，办公司没有几十万元怎么开张？"

小宝满怀信心地说："事在人为嘛，这是新鲜事物，我想各个部门都会支持的。"

于是，他们找官墩镇企业办做挂靠单位，成立了全镇第一家经营木材的公司，取名"长圆木材公司"。

艳萍也是搞经济的人，对小宝极力支持，通过关系向官墩镇农村信用社贷款30万元，以陈小宝的山林股权证和房子进行抵押。

公司成立的这一天，黄龙潭村像过年一样热闹非凡。王艳萍和陈小宝的朋友都请来了，他们往日有业务来往的单位也都请了，还惊动了金城县政府和财政局官员，他们敏锐地感觉到，在黄龙潭这个重要的地理位置上，长圆公司将会大展宏图，而且可能由此而引发一股经商大潮。农民的潜力实在太大了，他们的积极性一旦发挥出来，将会使农村经济发生翻天覆地的变化。这是大势所趋，历史赋予他们这些职能部门振兴地方经济的重任，他们有责任对像长圆公司这样的新生事物做出有力的支持。于是，金城县分管经贸的副县长和财政局长亲临长圆公司祝贺，给陈小宝巨大的鼓舞和力量。

陈小宝的长圆木材公司是黄龙潭树起的第一面农民经商的旗帜，目标就是将集体和农民手中的木材资源通过流通手段变成白花花的钞票，变成推动农村经济发展的源泉。

公司鸣炮开业的当天，就签约50万元业务。周边几个村的林农正愁木材砍伐下来卖不到好价钱，这下可好了，有了一个专门经营木材的公司，而且是农民兄弟自己开办的公司，不会像一些皮包公司坑人；又是本乡本土人，也不怕他们插了翅膀飞走。于是，林农都放心地与长圆公司签合同，而且不要预付款，先将木材运来，待公司销售后按月结算付款。

这样一来，小宝的公司周转金就显得特别充裕，资金也像滚雪球般不断增长，不到两年，长圆公司的资产从注册时的 30 万元猛增至 1000 万元，成为金城县赫赫有名的木材贸易公司，经济实力还进入全县乡镇企业十强之列。

公司发展规模不断扩大，业务也从东南沿海向全国延伸，几乎全国大中城市里都有他们设立的销售点。尤其是首都北京，还形成了金城木材一条街的规模，北京的许多建筑单位，都是在这条街上采购建材的。

陈小宝成了大老板，公司的范围也从原先的陈家老宅扩大到黄龙潭半条街，每天运送木材的汽车排成长龙。一个长圆公司，带动了官墩镇木竹业、运输业的全面发展，给农民带来滚滚财源。

但小宝却不是很开心，因为用汽车运送木材出山，运费毕竟太高，如果能用火车皮装运，那就省钱多了。于是他就找到金州铁路局去，向局领导反映了黄龙潭的重要地理位置，介绍了整个黄龙潭周边地区丰富的森林资源及发展前景，要求在黄龙潭设立一个站点，便于发展农村经济。

金州铁路局领导满腔热情地接待了这位农民企业家，认真听取了他的意见，考虑到黄龙潭原先就是铁路这条国家运输大动脉上的"177"停靠站，每天有四趟慢车在此停靠，如果再投资增设两条铁路轨道，也不是太大的问题。因此，在陈小宝反映情况后不久，局里就制订设立龙潭站的计划。三道铁轨建成后，小宝的公司更是如虎添翼，业务量扩大了好几倍。一节节火车皮满载着黄龙潭的木材，发送到北京、上海、广州等各大中城市去。

陈小宝又利用强大的经济实力，帮扶林农发展竹业，打起笋帮公栈的旧旗号，将黄龙潭历史上有名的白笋干工艺发扬起来，白笋干远销东北三省，带动了当地许多林农致富。

金城县本来就有绿都之称，长圆公司正是利用了当地的资源优势，才顺风顺水地创出一番大事业来，将金城县的经济往前推动了一大步，因此他被评上县劳动模范、优秀企业家。他的创业事迹还上了省作家协会编写的英雄谱。

不知情的人都说陈小宝找到了祖先的宝物，所以一夜暴富，成了方圆百里最富有的人。但黄龙潭人却说小宝是参透了童谣的奥秘，以智慧获取财富的。小宝自己却说都不是，是改革开放的时代给了他财富。

这话是理，黄龙潭也是在这样的时代里重兴起来的。现在，原先两里长的旧街道废墟上，全部盖起了小洋楼。街道两旁尽是商店、公司、饭庄。在虎形山山脚边，又开辟了一个新村，那里都是先致富起来的农民盖的小别墅。如今的黄龙潭，规模已胜过陈小宝祖先陈金水时代。

王艳萍见丈夫成了大名人、企业家，创业的激情也澎湃起来。她与小宝商量："我家祖先的小吃很有名气，我想把它发扬光大。再说，咱们光做木竹生意，也太单调，而且越来越提倡生态环境保护，山上的森林资源会越来越少，我们的业务会萎缩下来。我想应该从小吃这方面做文章。因此，我要辞去供销社副主任的职务，开辟小吃市场。"

小宝见艳萍如此有远见，高兴地抱起她转了一圈儿，还亲了一口，说："夫人真不愧女中豪杰，比我还

名臣
邹应龙
mingchen zouyinglong

有远见。行！但是，辞去职务闯市场，铁饭碗不端去冒风险，你愿意吗？"

"愿意！趁我还不太老，干一番事业，大展心志，这才叫创业的气派。"艳萍显然已下了决心。

艳萍的祖先创办的小吃公会在金城县很有名气，至今还有人提起它。艳萍一家没有其他人继承祖业，只有艳萍对此兴趣浓厚。她对祖先传下的50多种地方风味小吃进行分类，列成六大系列，进行合理配制，注重色香味俱佳。然后开办培训班，先培养一批年轻人，待他们掌握了烹饪技术后，就在金城县注册开办了一家全县最大最气派的王家小吃，一时生意兴隆，名声远播。不到一年，王家小吃就在省城和全省各大中小城市开设了100多家连锁店，从业人员达数千人。其他人见小吃生意好做，纷纷走出家门，到全国各地去开办小吃店。据统计，单出外经营小吃生意的官墩镇农民就达万人以上，每年赚回的钞票多达亿元。这种规模效益在农村是任何一个产业都比不上的。

王艳萍创业成功了，她的事迹也上了报纸、电视，成为女企业家、海峡巾帼建功杯获得者、金城县工商联理事；夫妻俩双双被选为县政协委员。

尾声

有一天夜晚，正是月圆时，陈小宝与王艳萍夫妇有了一丝闲情逸致，便沿着铁路散步，边走边观看黄龙潭的新貌。

忽然，小宝惊喜地叫道："我祖先的童谣玄秘找到了，你看，我们站在中间这条铁路上向前看，左边右边各有一条铁道，形成'八'字向两边叉开，这不就是童谣里的'左八右八'吗？你再看，东山上的月亮升起来，月光从我家那株千年古银杏树梢上投向铁路和下边的公路，那里正好是铁路的扳道的林业部门在公路上设的检查站，可以称'双卡'了吧。咱们公司的贮木场正是在铁路的两侧50米处，算得上'前半箭，后半箭'

了；那里堆满了长长圆圆的木头，也符合'长长圆圆'的童谣。至于'见天马'嘛，我的理解就是腾飞，天马会在空中飞呀，暗喻我们的生意飞黄腾达。"

王艳萍听了大笑不止，小宝问何故发笑，她捏了他一把说："你耍小聪明，你的那些解释未免有些牵强附会了吧？"

陈小宝却一本正经地说："即使有点牵强，但我明白祖先的意思，立足本土，发挥优势，创造财富，振兴中华。这大道理总没错吧？"

艳萍点了点头，挽起小宝的手臂，沐着明亮的月光，向彩灯闪烁的黄龙潭夜总会走去。他们要在那里发布一个最新消息：黄龙潭长圆股份有限公司的股票，明天就要在上海证券交易所挂牌上市了！这是全国首家民营企业的股票上市。黄龙潭和官墩镇成千上万农户手中，拥有长圆公司的股票，一旦上市，股票就会以十倍的经济效益增长。这些有股票的农户，才真正会成为一夜暴富的人。

黄龙潭，从此将迈向又一个新的高度。

注：（1）阿伯是古时闽西北人对父亲的称呼。母亲则被称为"阿奶"。

开发始祖巫罗俊

公元 582 年 4 月 8 日丑时，浓重的夜幕笼罩下的寂静山村，沉浸在安详的气氛中，发出徐徐的鼾声。突然，从巫家屋内传出一阵清脆响亮的婴儿啼哭声，打破了山村的宁静。这哭声，宣告了一个伟大的生命已经诞生，他将为闽西这片土地带来簇新的希望，山山水水都在星光下默默地为这个新的生命行注目礼，为他的茁壮成长而祝福。这位杰出的人物就是后来开辟黄连峒（今宁化、清流、建宁、明溪等县）千里地的开疆始祖巫罗俊。后来昭郎夫妇又生了一个小儿子取名叫巫荣俊。

昭郎夫妇每当看见两个天真可爱的小孩儿时，心中就有说不出的高兴，甜滋滋的，将一切希望都寄托在罗

名臣
mingchen zouyinglong
邹
应
龙

俊、荣俊兄弟身上，从小就培育他们的无私无畏精神。并四处寻找文韬武略俱佳的名师来教他们，但这种能文能武的老师确实不容易找到。有一天听说江西龙虎山有位姓张名有道的教师文武双全，极有名气，便匆匆收拾行装，带着小罗俊赶往江西延师。

昭郎父子车船兼用，足足赶了七天左右，才到达张有道家中，说明了来意，恳切拜请师父。张有道被他父子俩的真情感动了，当场收拾行装，来到剑津巫家教巫罗俊兄弟学文习武。

罗俊、荣俊二兄弟年纪虽小，但学习都很用功，也能吃苦。（荣俊因有父亲的爱好，喜爱游历名山大川，后来定居于江苏省的句容县，为江苏句容的巫氏开基始祖。）

罗俊从小就非常聪明，很有志气和抱负，学习很用功，成绩一直名列前茅，而且对武术情有独钟，不管是上武术基本功课程还是练习剑法、刀法、枪法，他都学得津津有味，觉得浑身是劲，也特别来精神。经过明师张有道的精心教导和巫罗俊的勤学苦练，在短短的六年中，小罗俊刀枪剑棒之术已精湛娴熟。后遇武艺高手李大佑的指点和教导，巫罗俊的武艺更高一招。

巫罗俊从小就有见义勇为、打抱不平的精神，13岁时在街上遇见两个无赖欺侮一个小女孩儿，他毫不犹豫冲上前去与那两个流氓搏斗，打得两个流氓"嗷嗷"乱叫，跪在地上向巫罗俊求饶。

又有一次巫罗俊和几个青年在通往建瓯的古驿道游玩，正当他们玩得起劲的时候，忽见前面有一伙商人狼狈地往回逃，边跑边喊："救命啊，救命啊，大虫吃人啦！"

小伙伴们一听，全吓坏了，有的拔腿就往山下跑。巫罗俊大吼一声："别怕，俺们去杀大虫救人！"说着，第一个舞着手中的双剑向前冲去。这只老虎已经咬死了一个商人，它正在低着头津津有味地大吃人肉时，忽见一个人影当头扑下来。它一声怒吼，跃起丈余高，向人影抓去。巫罗俊见到大虫凶恶，灵机一动，迅速脱下一件外衣，随手拔了一把草裹在里面，向老虎抛去。老虎一见有人袭来，就跳高扑去，正中下怀，巫罗俊从大树后闪出，迎着它冲去，以一剑护身，一剑直劈虎腹。那老虎因腾起在空中，无法躲避，肚皮便被利剑破开一道大口，鲜血喷涌而出，连肠子都流了一大截出来，痛得它昏了头，乱扑乱咬，吼声如雷，一时山谷中劲风四起，令人毛骨悚然。垂死挣扎的老虎气势虽然还很凶恶，但身受重创后力量已大不如前，因此巫罗俊腾挪闪避，依仗扎实的武功基础与老虎周旋，瞅准机会刺出数剑。忽听老虎一声惨叫，眼睛已被巫罗俊的长剑刺中，眼球都被挖了出来，血淋淋滚落在地。紧接着，它的咽喉又中了一剑，直刺破咽喉管，连呼吸都困难起来。大虫渐渐软瘫下来，鲜血淋满了林中草地。由于流血过多，它再也没有力气搏斗了，只剩下一口气，艰难地喘息着。巫罗俊趁机割断它的喉咙，又砍来几条粗藤将老虎的四只脚捆好，用几根粗木头扎成一个架子，几个小伙伴又叫来那些商人帮忙，把老虎扛起来放在架上拖下山。那些商人亲眼看见巫罗俊勇斗凶恶的大虫时的那种英雄气概，称赞不已。剑津的乡亲们听说巫罗俊杀死了大虫，纷纷赶来观看，都说他为民除害，成了打虎英雄，真了不起。从此，巫罗俊少年有殊勇的名声就传开了！

　　巫罗俊十七岁时就已长成一个武高识广的英俊青年了，可是，隋末群雄并起，战火纷飞，南朝统治闽中的陈宝应和江西临川的周迪，两大割据势力余部趁机作乱，天下又不太平了，武夷山这一带出现了许多土寇，时常拦路抢劫，甚至入村入户打家劫舍。

　　有一天，巫罗俊与两位师父一同来到树林里打猎。师徒三人正说笑间，忽然山后传来一阵呼救声，转过一道山梁，就看到前面几间房屋，一伙土寇正在抢劫。有几个青年与土寇激斗，妇女小孩儿的哭喊声响成一片。巫罗俊飞奔过去，大喝一声："何方毛贼，胆敢来此抢劫，看剑！"一个土寇首领见来的是一个小青年，"嘿嘿"冷笑两声，说："一个乳臭未干的小子，竟敢在大爷面前逞能，找死！"说罢，挥舞大砍刀直劈向巫罗俊。巫罗俊举起双剑迎着大刀削去，只听"叮当"两声，那匪首的大刀差点把握不住，只见巫罗俊双剑舞动起来，撒出一片剑光，笼罩住匪首全身。匪首身上到处中剑，鲜血淋漓，顿时心惊胆战，知道今日遇到了"冤大头"了，恐怕性命难保。于是他用黑话大声呼喝，马上有七八个土寇围住巫罗俊厮杀，一派刀光剑影，血花飞溅。巫罗俊毫不畏怯，越战越勇，不时听到土寇惨叫倒地的声音。只见巫罗俊手起剑落，闪电般一连劈断了五个土寇的刀枪，两个土寇的大腿都被刺中，鲜血直流。众土寇大惊失色，纷纷叫道："栽了，栽了，今天撞到一个无敌将军手中，一命休矣！"这时，一姑娘见到父亲被土寇打倒在地，另一个土寇还在继续拳打脚踢，便奋不顾身地冲过去，挥舞一根木棍与两个土寇对打。怎奈土寇有刀有枪，只几个回合，姑娘的木棍子便被削断，险象环生。巫罗俊见状，急忙猛刺几剑，杀退围攻的土寇，飞身前去救姑娘。匪首何等机灵，一看就知道这姑娘大概是巫罗俊的心上人了，就想抓住姑娘作为人质，逼巫罗俊退让，以求逃脱。于是土匪一拥而上，抓住了姑娘，将钢刀架在她的脖子上，叫巫罗俊往后退，让出一条路。巫罗俊一看姑娘在他们手中，只好收起双剑，往后退让。众土寇挟着人质退往山后的香炉峰山寨。姑娘的父亲一口鲜血直喷出来，不省人事了。姑娘的母亲跪在地上号啕大哭："求求你们，快去救我女儿！"巫罗俊问道："伯母，你女儿姓什么？""姓柴，名桂花，求求壮士前去搭救我女儿。"巫罗俊说："事不宜迟，你们村的青年都集中起来，我回村去带一批人马，咱们在香炉峰山下集合，一起杀上山寨，歼灭土寇，救回阿花姑娘。"柴家众青年齐声应道："有巫大哥带领，我们不怕土寇凶顽。"巫罗俊马上找到两位师父，说明了刚才发生的情况，三人匆匆赶回村去，召集起三十多人，各持兵器，跟随巫罗俊上山救人。巫罗俊又派人前去通知邓志勇、钟启明、简吉昌等好友，请他们也带领人马上山支援，共同剿灭土寇。

香炉峰山势陡峭，仅有一条通道能上山，通道两旁尽是悬崖峭壁，真正叫作"一夫当关，万人莫开"的险要军事要塞。巫罗俊先将人马埋伏在通道两旁，自己绕着香炉峰转了一段，发现山峰左侧虽是一片悬崖壁立，但其中似有一条采药人攀缘的小径。而且在这样的险要地带，土寇们不可能设重兵把守，正可以趁虚而入。通道口只留下邓志勇领兵堵截逃亡的土寇。巫罗俊带领人马往左侧转移，悄悄地攀上了山崖，果然不出巫罗俊所料，只设了一个小小的瞭望哨，三个小喽啰正抱着一个抢来的民女进行戏弄、狂欢。忽然，瞭望哨的房门"咚"的一声被人踢开，巫罗俊手持双剑，威风凛凛地站在门口，大喝一声："该死的土寇，你们残害百姓，丧尽天良，老天爷派我来收拾你们了！"说罢，双剑舞动，寒光闪闪，杀向喽啰。土寇迅速推开那女子，各操兵器迎战，"乒乒乓乓"斗了起来。怎奈巫罗俊骁勇异常，利剑劈下，具有千斤力道，喽啰们哪是他的对手，没几个回合，便一个个只有招架之功，哪有还手之力。只听几声惨叫响过之后，三个土寇便一一倒毙了。了结

名臣
邹应龙
mingchen zouyinglong

瞭望哨后又杀向土寇贼窝。这伙土寇共有百多人，分成三个营寨驻守香炉峰，老大坐镇大本营任总指挥，共有50多名喽啰守护着他；老二镇守左侧山峰，老三驻守右侧山峰，各领20多人，与大本营形成犄角，以便互相支援。巫罗俊借着月色，看清了土寇的兵力部署，悄声吩咐钟启明带领40多人摸上右侧山寨；又叫简吉昌带领40多人包围左侧山寨，自己带领大部人马围攻主寨，待主寨火起这时一齐动手。分配完毕，三路人马悄悄地包围了土寇的三个营寨。这时，土寇正在饮酒作乐，小头目们分完白天抢来的财物后，各自搂着抢来的民女寻欢作乐去了。土寇们根本没有想到，剑津出了个具有领袖天才和高超武艺智勇双全的人物；他们也没预料到，巫罗俊会这么快就组织起队伍，而且已经摸黑包围上山了。死神已经开始对他们这班恶魔狞笑了，而他们却还在醉生梦死之中，真真是一群废物哇！土寇头目正在用马鞭狠狠抽打柴桂花解恨，突然握鞭子的手背被什么东西刺了一下，立时觉得整条手臂麻木起来。身后响起一声炸雷般的怒吼："你的末日到了，还敢猖狂。看剑！"原来，巫罗俊见他举鞭又要抽打柴桂花，急忙发出一支袖箭，射中土寇头目的手掌，然后一步冲进去，连连杀死了五六个守门的喽啰，冲到大头目跟前。大头目毕竟是久经沙场的匪首，反应敏捷，立时抢过一把戒刀，与巫罗俊斗起来。巫罗俊舞动双剑，一剑攻其上盘，一剑攻其下盘，令大头目手忙脚乱，穷于应付，根本无法反击。加上他的一只手臂中了袖箭，毒性发作，渐渐胸口发闷，气喘吁吁，一个不留神，大腿中了一剑，鲜血猛涌出来，痛得大头目"哇哇"乱叫，整条左手臂被砍下来了，他也一下瘫倒在地，束手就擒了。与此同时，众人将各个小头目的住房都包围起来，展开了激烈的搏斗，喽啰们死的死，没死的都跪在地上高喊："爷爷饶命！"巫罗俊一眼看到绑在木柱上满身血迹的柴桂花，急忙跑过去，用利剑削断绳子，放下柴桂花。柴桂花一个女儿家，哪里经过这样的折磨，一见巫大哥奋不顾身地来救自己，一股暖流涌遍全身，一丝幸福的表情掠过那张苍白而美丽的脸庞，但终于支持不住，软软地倒在巫罗俊怀里。

　　经过一场激斗，负隅顽抗的土寇都被消灭了，一些表示愿意改悔的喽啰接受了巫罗俊送给的盘缠，各自归乡去。巫罗俊叫大家将土寇抢劫来的财物收拾好运下山去，又挖了一个大坑掩埋了死尸，再放一把火将土寇的营寨烧个精光。一时火光冲天而起，众人欢呼起来，在光亮中大家肩挑手提战利品，胜利而归了。

经历这次出生入死的战斗，巫罗俊与柴桂花结下了深厚的友谊。柴家见巫罗俊一表人才，既英俊又神勇，而且还是柴姑娘的救命恩人，早就想结秦晋之好。昭郎见儿子对柴姑娘一往情深，也有心结这门亲，所以托媒人前往说合求婚。柴家正盼着巫家来提亲哩！哪有不愿之理，柴父满口应承，马上"开生日"，用一张红纸写上柴姑娘的生辰八字交媒人带回。昭郎请神灵相士卜算了一回，说是"相生"，婚事就这样定下了，一切礼仪均按照古俗中纳采、问名、纳吉、纳徵、请期、亲迎等"六礼"进行。

过了数月，巫家择吉日迎亲，为巫罗俊举行盛大的婚礼。由于巫罗俊消灭土寇，保卫剑津人民的安宁，大家都感激他，所以赶来贺喜的人特别多，婚礼办得风风光光。

就在巫罗俊举行婚礼的当天晚上，柴家却遭到一伙刚从江西流窜来的土寇的偷袭。原来土寇打听到柴家今日嫁女，知道男方一定送了很多礼物，便来抢劫。柴父急忙派人报知巫罗俊，巫罗俊一接到消息，连新郎官的衣服都来不及换下，就跳上高头大马，急驰柴家救援。

此时，土寇刚抢劫完逃离柴家，巫罗俊一路穷追猛打，杀得土寇哭爹叫娘，只恨父母没有给他多生两条腿，狼狈地溃逃了，哪顾得上抢来的东西。那些巫家送来的聘礼抛得一路都是。巫罗俊杀退土寇，夺回聘礼，柴家的人称谢不已。

第二年即公元 600 年 9 月 13 日，柴桂花生下了一个小宝宝，取名为明甫，又给昭郎家中增添了几份欢乐。

隋朝大业年间（608）正值天下群雄并起，隋炀帝派奸臣宇文恺、封德彝督造富丽堂皇的显仁宫的时候，到处抓、派劳工，而被驱来当劳工的大多被累死，有去无回。

建瓯，当时是福建的一个州郡，离扬州并不算远，而剑津又是建瓯的一个小镇，说不清哪天就有官兵来这里抓劳工。昭郎家又正好有几个男丁，昭郎想：天下又不太平了，剑津也不是久住之地，我得找个平安的栖息之地才对。再加昭郎一贯喜欢钻研地理风水，游历名山大川，因此他顺着沙溪河而上，一直向深山老林漫行，他越走越来劲，越感到大自然的优美，当他来到武夷山时，更为奇丽多姿的大自然景观所震慑，惊叹造物主的伟大，人类在自然界的伟大中显得多么渺小和无奈呀！他似乎参透禅机，仰天长啸，胸中块垒随着啸声向山川倾吐。而后翻越武夷山，顺着它的支脉——杉岭山脉游历南侧。

有一天，他沿着一条古木参天的闽赣古驿道，进入一个叫黄连峒的地方（即今福建省宁化县）。但见一片旷野花事阑珊，远岱近岭驮着绿意逶迤而去，形成一道绿色的屏障，护卫着数百公里的原野。一条九曲十八弯的河流蜿蜒而来，几个小村庄散落在山野间。三三两两的农人在田里耕作，轻风吹送来一阵阵悠扬的牧笛。好一幅美丽而又安宁祥和的农耕图哇！

他深深地陶醉在这无边的美景之中，流连忘返。当他了解到西晋永嘉之乱时，从河洛地区迁来不少汉人在这里居住，并且还有同宗亲叔居住在这里时，更是喜出望外。他拜访了各位宗亲和故乡人，共饮米酿，喝擂茶，并细细打听这里的风土人情。巫昭郎自从踏上这片土地时，看到这里正是一块远离战火的未开垦的处女地，那一望无际的原野、山林，蕴藏着巨大的开发潜力；那条九曲十八弯的翠江又极似先辈所讲故乡的黄河，因此产生了一种强烈的思乡感和亲切感，好像回到了故土，又看到了先辈创建的美丽家园。

他认定黄连峒就是他们久久寻找的"乐土"，是南迁最理想的栖息地。在他返回的一路上，他看到了数百里未开垦的土地，听到两岸猿声不断，郁郁葱葱的森林覆盖着大地，更增强了他迁徙往黄连峒的决心。因此他一回到家里便收拾行李，举家迁到黄连峒定居。

昭郎全家来到黄连峒时，全村男女老少都出来迎接，有的请吃饭，有的送东西表示欢迎，巫氏宗亲还腾出空房让昭郎家暂时居住，昭郎夫妇领着家人向大家道谢，此时的巫罗俊更是彬彬有礼地向各位宗亲长老鞠躬致谢！当众乡亲了解到这位英俊的青年就是闻名闽西北的打虎英雄巫罗俊时，大家更是高兴万分，都说，这下我们黄连峒有希望了。

原来这黄连峒也并不是一个很安全的地方，虽然远离官府，能逃避一些战乱所造成的灾难。但遭受土寇歹徒的骚扰还是经常的事，更何况这些从中原迁居来的汉人为了生活，需要开荒种地，用水灌溉等事情，引起土著的反抗，土著与南迁汉人之间的矛盾日益突出、激化、斗争持续不断。因此，散居在这一带的中原汉人，

名臣
邹应龙
mingchen zouyinglong

势必时常有遭受土著袭击的危险。

早闻建瓯地方出了个具有领袖天才和高超武艺，智勇双全的杰出人物，这不，他就在我们的眼前，所以大家都感到荣幸，好像今后生活中的安全系数增大了许多一样。于是大家你一言我一语，争着向巫罗俊介绍当地的具体情况和以前曾经发生过的种种事例，就好像下级向上级汇报工作一样讲个不停。

巫罗俊根据乡亲们所介绍和提到的一大串需要解决的问题，进行慢慢地分析，他提出了"近联外攻"的政策，他认为目前最主要的是要团结当地的土著，因为我们要长在这里生存下去，就必须和当地的古闽越族人搞好关系。由于中原汉人的不断迁居而来，土著的生存空间受到严重威胁，因此爆发了各种反抗斗争，这也是情属当然的，我们可以理解，也可以谅解。为了将来的生活得到幸福，我们这些中原汉人应宽宏大量、不计前仇，和土著人共同合作。把从中原带来的先进的生产工艺和优良的文化教育等，传给当地土著人，进行优势互补。经过一段时间的交流，土著人被慢慢地感化，以前那种针锋相对，互不相让的紧张局面被化解了，虽然在各自的利益上会有不同的争执，但遇有外来土寇袭击时

开发始祖巫罗俊

还是土著人和汉人站在一起共同对敌。渐渐地与土著人之间的关系越来越密切，相处得比较融洽，如有好几次土寇来骚扰，因有巫罗俊的好领导，率众奋起反击，把土寇打得落花流水，狼狈逃走。

一年来巫罗俊没有辜负乡亲们的众望，每次土寇来骚扰都在巫罗俊的带领下，把土寇歼灭得有来无回，就连势力最大的一股土寇也被彻底干净地歼灭了。

但是，虽然黄连峒周围最主要的一股土寇力量已被巫罗俊消灭了，但其余几股土寇又经常来骚扰。巫罗俊经过一段时间的侦察，发现了土寇的巢穴，在他精密巧妙安排下将土寇全部歼灭了。为保护黄连峒人民的安宁而做出了贡献，大家都感激他，尊敬他！都愿听从他的指挥。

可是，巫罗俊的眉头却没有舒展开来，因为这些都是流寇，来无影去无踪，那些巢穴也是临时的，他们在暗里，防不胜防呀！说不准哪天又从什么地方流窜来几股土寇烧杀抢劫。对，得想个万全之策，才能保护人民的安宁。此时隋王朝还有些统治力量，而且先皇隋文帝杨坚为了巩固和加强中央集权制推行"存要去闲"、"并小为大"的政策，大幅度削减郡、县，此举也加强了对地方政权的控制。隋大业二年（606），全闽仅置闽县、建安、南安、龙溪四县，由建安郡统辖，其他郡县全部废除。因此，黄连峒这一带隶属于建安县（今建瓯市），县治离此地有近千里之遥，也是鞭长莫及。况且这一带山高林密，土寇凶悍，官府也奈何不了他们，保卫当地人民的安全，只能靠自己的力量了。因此，巫罗俊正在苦思冥想，欲寻找一种有效的防卫土寇那种防不胜防进行偷袭的办法。

于是，巫罗俊骑着高头大马，和几个好友，沿着黄连峒绕了一大圈，认真察看地形。

巫罗俊发现这一带是一个大盆地，四周都有高山作为屏障，一条翠江从盆地中部穿过，形成天然的交通要道。只要在盆地四周筑起堡垒，将村庄围绕在中央，然后在高山上设立烽火台，分兵把守，遇到土寇袭击，举烽火为号，城堡内的人就马上登堡防卫，击败土寇。若是土寇势大，四周山上的人马可以驰兵下山夹击，准叫土寇有来无回。

听他一番有条有理的分析，众人齐声叫好，几位好友各自承担起召集筑堡人马的重任，往四村八邻募集民工。这一带人民近年来深受土寇之害，一听说要筑堡自

开发始祖巫罗俊

卫，举双手赞成，纷纷献策献力，没几天，一支上千人的筑堡队伍便浩浩荡荡上阵了。

为了使堡垒建造得更加坚固，达到易守难攻的效果，巫罗俊查找资料，翻遍书籍才从古书上看到，可以用一种叫作"三合土"的建筑材料。这"三合土"是什么材料呢？

就是用石灰、沙子、红壤土搅拌好，浇上煮熟的桐油拌均匀，然后倒进木模中夯实，作为城堡的外墙。待墙体干涸后，其墙坚实无比，就是用锄头猛力挖，也只会冒火星，根本挖不动。

于是，巫罗俊又派人到近百里远的蛟湖畔烧石灰，因为那边有大面积的石灰石蕴藏量。

筑城堡的队伍里个个奋勇，人人争先，大家团结一心，心往一处想，劲往一处使，不管再苦再累但从没有人打退堂鼓，也没有人发牢骚，因为他们知道，巫罗俊筑堡卫众的壮举，是关系到黄连峒人民的安危，可说得上是一项利在当今、造福子孙的宏伟事业。

作为黄连峒人，能在巫罗俊的领导下，参与这项伟业的建造，是一种光荣，也是一种幸运，有谁会因为苦点累点而畏缩呢？

在短短的一年时间里，巫罗俊带领黄连峒人民，以战天斗地的豪迈气概，冒酷暑，顶风寒，修筑起一条长达十多里、高三丈的城堡，将大片村庄与良田都围在中间。翠江的入口与出口安上水门，派人日夜把守。同时，还在四周山上建立了望台，并屯集机动兵力，以便呼应增援城堡。黄连峒，变成一座固若金汤的城池，加上有智勇双全的巫罗俊镇守，更令土寇们闻风丧胆。附近饱受土寇侵扰之苦的土著人也纷纷搬进城堡来居住，不久城堡就发展成一个上规模的集镇，也是黄连峒一带数一数二的大镇。

　　这时的巫罗俊，以他出色的组织才能、严密的决策思维、爱国爱民的优秀品质和高超的武艺，赢得了黄连峒人民的爱戴。哪个家族发生纠纷，哪个家庭出现矛盾，人们自然而然会想到巫罗俊，请他出面调和解决。而巫罗俊也善于评判曲直是非，大公无私，居心正直，令人心服口服。因此，这时节他无形中已成为黄连峒人民的领袖人物了。

　　巫罗俊的青年时代，正值隋炀帝当政。隋炀帝昏庸无道，沉湎声色，各地草泽英雄，纷纷起兵造反。从大业七年至十三年，各路英豪揭竿起事，四面八方的"草头王"，竟把广袤的中原大地变成四分五裂的世界。计有数十起事件发生：刘武周起马邑、林士弘起豫章、刘元进起晋安、朱粲起南阳（以上四人均称帝）；李子通起海陵、邵江海起岐州、薛举起金城、郭子和起榆林、窦建德起河间、王须起恒定、汪华起新安、杜伏威起淮南（以上诸人均称王）；李密起巩、王德仁起邺、左才相起齐郡、罗艺起幽州、孟海公起曹州；还有左难当、冯盎、梁师都、周文举、高开道、张长悊、周洮、杨士林、徐园朗、张善相、王要汉等32位"草头王"或称公或称大丞相、大总管什么的，不一而足。除此数十个拥有重兵的"草头王"之外，尚有无数小股造反之众，点燃起熊熊战火，大有将隋王朝烧毁之势。

然而，在四面楚歌中，隋炀帝还是久久留恋江都迷楼，到处选集吴地美女，整天纵情淫乐，花天酒地，醉死梦生。更可恶的是那一班献媚贡谀的奸臣，把各处的警报扣压下来，匿不上报，眼看着隋王朝已风雨满楼，摇摇欲坠了。

巫罗俊34岁那一年，即公元616年，朝廷又发生了更大的变革。先皇隋文帝的内室独孤皇后有一同胞姐妹独孤氏，生有一子姓李名渊，与当今皇上炀帝实为表兄弟。因天下谣诼日繁，街巷市井皆有人传唱："桃李子，有天下。"又唱一谣："杨氏将灭，李氏将兴。"蒲山公李宽子密就因为这谣儿而丢了官职，开隋功臣李浑因而遭灭族之灾。后来隋炀帝又怀疑到表兄弟李渊头上，必欲置之死地而后快。李渊被逼拥兵反隋，又有徐茂功、李靖、秦叔宝、尉迟恭、程咬金等一班文臣武将相辅佐，声威日隆，攻州克县，已占领了隋王朝的许多地盘了。

这时，隋炀帝才从美人堆中清醒过来，调兵遣将，剿灭各路"草头王"。时值蒋弘度起兵东海、周文举进兵河洛，两支兵马声势浩大，特别是蒋弘度的兵马直犯江都，更使炀帝不安。因为江都是隋炀帝醉生梦死的地方，不知有多少青春美女被他玩过，因此，他特别留恋这地方。如今江都告急，他急忙派"靠山王"杨林的一位部将杨一郎星夜驰往闽赣，招募兵勇。增援江都。

当时，建安县人口并不多，大约在 2 万平方公里的土地上，仅生存着 2000 余户人家，因此，要征集兵勇的难度相当大。但朝廷不顾老百姓的死活，下令凡 55 岁以下的男子统统要去前线服役。刚好这一年昭郎还不到 55 岁，巫罗俊又是青年，出于保卫国家的善良愿望，父子俩都情愿入伍了。

巫罗俊与父亲昭郎来到军前，被编入马队。马队在战斗时是冲锋在前的兵种，他们的战斗力比步兵强大，因此，也是敌人攻击的主要目标。上阵的第一仗就遇到蒋弘度的强兵，双方打得非常艰苦。巫罗俊时刻不离父亲左右，虽然父亲有武功在身，但毕竟年纪已大，力量有限。可昭郎也是一腔热血为了报效国家，上阵时奋勇冲杀，并不希望儿子来保护自己。因此，他父子俩成为新招募的兵勇中作战最勇敢的人。

在征战中，巫罗俊发现"靠山王"杨林的部将有勇无谋，经常以巨大的代价换取小小的胜利，因此部队伤亡很大，尤其这是一支新军，没有经过严格的军事训练，就仓促上阵，作战经验不足，战斗力不强在所难免。而他们面对的却是势力强大的草寇，稍有不慎，就得付出很大的代价才能扭转战局。

为此，巫罗俊认真研究了对方的情况，向带兵的将军献上一策：草寇势力虽大，但也有致命的弱点，这就是他们都是乌合之众，各自有各自的部属，各部属之间互不往来，或者还可能持有成见。只有在共同利益（即攻克一个州县时可以大肆抢劫，抢到的财物归自己所有）的驱动下，他们才会同心协力，呈现出强大的战斗力。那么，可以利用敌阵堡垒与堡垒之间的隔阂，进行挑拨离间，用金银财宝收买一些人，分化一些人，使其产生内耗，然后各个击破。

杨一郎将军采纳了巫罗俊的战术，派出精悍人员化装成老百姓，混入草寇军中，广施恩惠，收买人心。真是"金钱万能"，蒋弘度的部将一个个被收买了，互相怀疑，互不信任，不团结的现象出现了。

杨一郎将军看到时机成熟，便利用晚上偷袭草寇的某一两个营寨或堡垒。由于各营寨之间产生了矛盾，各自为了保存自己的实力，都不肯出兵营救其他营寨。杨一郎又以占绝对优势的兵力进行速战速决，所以草寇的堡垒被一个个消灭了，最后大本营也没费多少力气就攻破了，蒋弘度只好带着一小部分亲随逃往舟山群岛，凭借天险抗拒隋军，继续做他的帝王梦。

经过这场战斗，杨一郎率领的这支新军得到了锻炼，战斗力迅速提高，当移兵剿灭淮阳周文举叛军时，双方的战斗实力已经是旗鼓相当、不分上下了。周军在攻打商丘时，杨一郎令巫罗俊率兵星夜驰援。巫罗俊预先派人送信进城，请求城内守军出兵夹击，前后攻打，使敌军首尾难以相顾。

兵临城下时，巫罗俊以迅雷不及掩耳之势破阵而入，挥舞双剑，以一当百，猛冲猛杀，如常山赵子龙百万军中救幼主一样神勇，威武不可当。敌军阵势大乱，纷纷大叫："无敌将军来了，快跑呀！"敌军自相残踏，死伤无数，隋军趁机掩杀。周文举大败盈亏，损兵折将，自此一蹶不振。匆匆逃亡天涯海角，躲在秦皇岛再也掀不起大浪了。

巫罗俊父子随杨一郎征战半年有余，消灭了南方几股叛军后，基本上没有战事了。

巫罗俊心想：我父子在军前立下赫赫战功，现在该封赏什么官位了。可是左等右等，始终不见朝廷有论功行赏的意思。原来这杨一郎也是个欺下蒙上的家伙，所有的功劳都被他冒领去了，朝廷拨下一些封赏也都被他克扣起来，中饱私囊。巫罗俊愤怒已极，但又不便与朝廷命官争执，就托辞父亲身体欠佳无法继续服役，愿意解甲归田。这杨一郎将军因为冒功请赏，正怕巫罗俊父子在军中不服大伤脑筋哩！如今听说他父子俩愿意解甲归田，真是"乞丐正盼着神灵叫"，满心欢喜，立即应允，还假惺惺地办了一桌酒席为他俩饯行。

这叫作："司马昭之心，路人皆知。"

巫罗俊与昭郎返回家乡，黄连峒人民夹道欢迎他们，一连几天都是几家大户宴请，大赞巫罗俊筑堡卫乡的功德。在他父子离开家乡的半年多时间里，其他郡县都遭受土寇不同程度的骚扰，只有黄连峒呈现出太平安宁的祥和气氛，土寇再也没敢来犯，这是巫罗俊的无量功德呀！

巫罗俊在从军期间立下的汗马功劳都化为乌有，而杨一郎却扶摇直上，被昏庸无道的隋炀帝连升三级，封为江南名城——扬州的总兵。但是，巫罗俊从军时献奇计分化瓦解敌军、作战时冲锋在前、撤退在后，武术精湛勇冠三军的名声却传遍中原。

此时，起兵于海陵的李子通，已拥有重兵数十万。他趁隋炀帝沉湎于酒色不理朝政、全国各地兵戈四起、天下纷乱群雄争霸之际，挥兵渡过淮河，直指扬州，将这一座江南名城围个水泄不通，并从四个城门发起猛攻。扬州城守将、冒领巫罗俊功劳的"靠山王"杨林的远房侄儿杨一郎，本来就是个有勇无谋的家伙，只是依赖杨林做靠山，加上一颗善于投机取巧的脑袋瓜和一张灵巧的嘴，欺下蒙上，才得以平步青云的。如今，大敌当前，他根本想不出退敌的好办法。向"靠山王"杨林求救，但杨林在北边与李渊的唐军对峙，争战得相当激烈，已有些自顾不暇。试想唐军有李世民结交的一大帮兄弟，都是开唐的名将，仅那历史上有名的"十八路英雄"就有罗成、秦叔宝、尉迟恭、程咬金等半数以上辅佐李渊，他一个"靠山王"杨林就是有天大的本领，也是打不过唐军的。因此，他哪里腾得出手来救援扬州？

可悲的是军事才能平平的扬州总兵杨一郎，平时不读兵书，临时抱佛脚翻烂了《孙子兵法》也无济于事，难以找到一个退敌的好法子。这时他才记起巫罗俊的好处，感叹着对部下说："要是巫罗俊还在军中就好多了，他一定会帮我想出破敌的好法子。"左右相顾无言，心想你心中有"鬼"，当时我们都舍不得让巫罗俊走，你倒好，巴不得他走得远远的才不碍手碍脚的，如今到了节骨眼上，才记起人家的好处。活该！

这杨一郎想不出破敌的好办法，就存着侥幸的心理，想故伎重演，像过去在"靠山王"手下一样，出征时只要勇猛一些，能杀退敌人就是英雄。他哪里知道，那是有"靠山王"总揽战局，周密部署，各兵种配合默契，协同作战，才能最后夺取胜利。而今，李子通的数十万大军兵临城下，他想又来个蛮干，岂不是拿数万守城隋军的性命开玩笑？不过杨一郎实在也没有什么好法子了，只得凭一股蛮力与李子通的大军对抗。结果连战连败，支持不到十天，便城破人亡，扬州就被李子通占领了。

李子通占据扬州后，先自号楚王，后又称吴帝，做起了美滋滋的帝王之梦。扬州自古是富庶之地，又是江南山明水秀的地方，地灵人杰，美女如云，李子通眼睛都看花了，挑选了一大批国色天香，整天泡在酒色之中。似乎他已坐稳了皇帝的金交椅，这江南的半壁江山，好像也已经固若金汤了。

当然，李子通能当上"草头王"，自然有他的一份能耐。他在扬州称帝后，想到若要巩固政权，就要收罗人才，壮大军事实力，以期北上攻取中原各地，一统天下，做个真正的皇帝。因为民间早已有传唱谣儿道："桃李子，有天下。"又唱有："杨氏将灭李氏将兴。"这不自己坐不改姓，行不更名，是地地道道的李氏子孙，或许苍天有眼，这"李氏"就应在自己身上。要不，为什么扬州这样一座江南名城，就这么容易被自己攻下来？江南半壁江山就这样垂手而得？自己也就这

开发始祖巫罗俊

105

么顺顺当当地称起吴帝来了呢？或许这就是天意吧！

因此，他称帝后，就广为招募人才，摆出一副求贤若渴的模样，在江南一带收罗文才武士。当时有许多人相信民间谣儿所唱，以为李子通真是新朝明主，纷纷投靠他去。

也就有人向李子通举贤，说闽地的巫罗俊勇冠三军，是不可多得的将才。李子通一听乐不可支，在派兵经略福建省的同时，也派出特使前往黄连峒想笼络巫罗俊，让他到军前替自己效力，还给巫罗俊封个校骑的武官封号。

但是，巫罗俊自从上次从军时增长了许多见识后，已看清了那些起兵造反的"草头王"，一个个都是为了自身的利益，不顾百姓的死活和痛苦。即使让他们造反得逞，也只是换汤不换药的一群统治者，对天下的老百姓并没有什么两样。老百姓还是要种地主的土地，还是要向官府缴纳各种苛捐杂税。一句话，"草头王"们靠不住，要想过上富足的生活，还得靠自己来创造。

不过，他又想起那传唱的谣儿，万一这李子通真的是个圣天子，岂不错过了一个为国效劳的机遇？怎么办？他灵机一动，便婉转地对来使说："明公如此垂爱小民，这是小民莫大的荣幸，感恩不尽。不过，因小民家中有些事务尚未处理完毕，一俟完毕，小民即刻赶到扬州晋见明公，报效国家。"说罢，还送了一些银两给来使，让他在李子通面前好言回禀，免得他生疑。

送走使者后，巫罗俊就盘算怎样到扬州去观察一下这吴帝李子通的政绩和为人，看他是不是能成气候。万一他成不了气候，自己今天盲目地接受他的封号，到时后悔就来不及了。眼下天下大乱，单姓李的起兵造反想夺天下的就有：李渊、李密、李子通、李义满、李轨等五部兵马在闹哄哄地抢夺天下，鬼知道是哪一个姓李的会成气候，会是圣天子？

还是小心谨慎为好，先借故延缓一下再说。

但从黄连峒到扬州有数千里之远，应该以什么名义前去试探李子通的情况呢？哦，有了，黄连峒的油杉历来被人称道，是上好的木料。若伐木经商，开辟黄连峒与扬州的通商渠道，不仅可以获取较高的利润，还能借经商的名义观察一下那个小朝廷的动静，再看形势决定自己今后的出路。

于是，巫罗俊马上发动黄连峒人民上山砍伐木材。他在山坡上摆出各种供品，点亮花烛，祭拜山神土地公，然后开始砍伐木头。他准备将木材扎成排，从淮土柞下村的一条溪流中放排进入江西省石城县的横江——琴江——贡江，再顺着赣江漂入长江，就可以直达扬州城了。巫罗俊打算在扬州出售木材后，购买一些山里的日用品带回来，在黄连峒开一家百货商场，方便山里人。

当他将心思告诉爱妻时，柴桂花满心欢喜地说："外面的天下大着哩，你应该走出去看看。男子汉志在四方，若是遇上明主，一展雄才，报效国家，也不枉你一身武艺。"

巫罗俊感激地说："多谢娘子如此体谅俺，要是俺出去闯天下，说不准一去就是一年半载的，还真舍不得你呀！"

柴桂花娇嗔道："尽说没出息的话，哪有大男人守着老婆而不去创业的？郎君你是何等胸怀，何等抱负，岂能龙搁浅滩，无所作为？"

巫罗俊紧紧握住了柴桂花的手，无限感慨地说："娘子真知我心也！俺不但要开发黄连峒这地方，还想将武夷山南麓近千里的蛮荒之地都开垦出来，把这里开发成桃花源地，让这里的人民过上安宁幸福富裕的

名臣
mingchen zouyinglong
邹应龙

生活；也让这里成为中原汉人南迁的一个理想的居住地。"

柴桂花兴奋地说："好，好，这才叫大丈夫，人生就是要有所作为的，能够为人们多做些好事、善事，也是俺们的心愿。你就放心地闯荡天下去吧，俺在家会种好地，也会孝敬公婆，俺不是小娇娘。"

巫罗俊眼里闪动着泪花，说："多谢娘子，俺们一道创业，开辟出黄连峒的一片新天地，为子孙后代造福。"

两人手握着手，昂起头来，望着万重山岭之外的云天，对未来充满憧憬，充满幸福的遐想。

木排扎好了，巫罗俊便挑选了一批身强力壮的小伙子，组成排工，带着他们浩浩荡荡地向赣江漂流而去。

这时节正是天下大乱之际，土寇蜂举，为害百姓。虽然黄连峒一带有巫罗俊守护着，土寇不敢前去骚扰，但一出黄连峒，进入江西地界，就不是巫罗俊的地盘了。因此，他一路上格外小心，坐在木排上，眼观六路，耳听八方，生怕一个不小心，一番心血就要付诸东流。

也是该要有事发生，木排经过赣江一个滩头时，不小心搁浅了，大家只好下水去推。

就在这时，河边树林里跳出了许多水寇，纷纷来抢夺木材。一水寇头目高叫道："杀死他们，把木排全部抢来！"

巫罗俊轻蔑地冷笑一声："你们想得美，大爷可不是好惹的，来试试俺这双剑的厉害吧！"

众水寇一涌而上，围住巫罗俊厮杀。巫罗俊毫不畏怯，奋起神威，挥舞双剑与水寇激斗。但见那一对寒光闪闪的宝剑上下舞动，劈如闪电掠长空，刺如惊雷破山岳，挽起剑花却似蛟龙出海势挟风云，一派剑光笼罩在他周身，真是水泼不进。水寇们砍向巫罗俊的刀枪棍棒，一一被弹回来，有的立时被削断。

忽听巫罗俊猛喝一声："下去！"就听见"扑通扑通"数响，有五个水寇接连中剑落水。水寇们都不是见过大世面的人物，有的甚至是因为天下大乱、百业俱废而无以生计，就跟着那些所谓的"草头王"出来混饭吃，或者企图趁火打劫，发点小财好回去讨媳妇罢了，他们中间有几人胸有大志、身怀绝技的？更何况他们从来也没见过这般骁勇的人物，因此一上阵就不堪一击，纷纷败北。

水寇头目一看情况不妙，急忙指挥其他水寇一道将巫罗俊困住，自己也挺着大砍刀与巫罗俊对阵。这一场搏斗就更是惊险了，一个是名声已经远播的武学高手，另一个也是征战沙场的老手。若不是有那么两下子，他也当不了水寇的头目。他手下有百余名喽啰，各色人样都有，但大家都能听从他的呼唤，供他驱使，服服帖帖的，这就说明了他有些能耐。如今，他要在众水寇面前露一手，让"小的们"瞧瞧他的厉害。可是，他做梦也没想到，他面对的不是一般的敌手，而是一个冲锋陷阵勇冠三军的猛士。

　　水寇头目与巫罗俊交战二三十个回合之后，渐渐感到力不从心，大刀似乎被巫罗俊的利剑牵引着、胶着一样，只能跟着打转转，丝毫也耍不开。他这一惊非同小可，自从出道干这杀人越货的勾当三年来，他不知杀过多少人，抢过多少富户和商家，但从来没遇到过像今天这样强大的对手。如此斗下去，非栽在巫罗俊手里不可。得想个办法才行，即使抢不到这批木材，但只要留得青山在，何怕日后没柴烧？因此，他用黑道上使用的"黑话"来发令，指挥众喽啰拆散木排，以引起巫罗俊分心，趁机逃脱。这一招果然厉害，因巫罗俊是"旱鸭子"，在陆地上骁勇异常，甚至可以以一当百。一旦落入水中，与那些"水鸭子"斗阵，那就非吃败仗不可。

此时，已有几架木排被水寇砍散了，巫罗俊立足的这一架木排也被砍开了一头，眼看着巫罗俊就要掉下水去。情况万分危急，排工们已纷纷落水，抱着散开的木头随波漂流而下。水寇头目高兴地狂笑不止："小子，你完了，一辈子在这里当水鬼吧！"说罢，挥起大砍刀朝站在几根木头随波浪摇晃的巫罗俊猛砍过去。

忽听"啊……"的一声惊叫，水寇头目一手捂着一只眼睛，鲜血从指缝中不断涌出。"我的眼睛，我的眼睛完了。哎哟，痛死我也！"

巫罗俊觉得奇怪：自己并没有发出袖箭，排工们又没有人会这项绝技，是谁替自己解的围呢？

他扭头一看，上游冲下一条小船，船上站着一位身披红袍、手持宝剑、英姿飒爽的女子，只见她手臂轻挥，阳光下一道道金光射向众水寇持刀枪的手。但闻一声声痛苦的惊叫声响起，众水寇手中的刀枪棍棒纷纷落水，水寇们一个个捂着手号叫不止。原来，那闪光物是姑娘撒出的一把有毒性的绣花针，被这种绣花针射中，整条手臂立时如万蜂蜇咬一般痛不欲生。

姑娘厉声叱道："狗贼，你作恶多端，残害了多少百姓，今天，本姑娘要为民除害了。看剑！"

那水寇头目毕竟是经历过征战的人，虽然双目都被射瞎了，但还能听风辨物，忍受着巨痛抵抗，姑娘的招招剑法都被挡住了。

巫罗俊趁机迂回到水寇头目的背后，慢慢举起剑来，慢慢挺近他的后背。因为练功的人，即使视力不行，听力也是很灵敏的。只有这样悄悄无声息地靠近他，然后突袭才能成功。当巫罗俊的双剑悄悄接近水寇头目后背仅两寸时，他还没有发觉。巫罗俊来个"黑虎掏心"，双剑猛然突入水寇的后背，用力一搅，连他的肋骨和心脏都被搅烂了。

水寇头目就像一头死猪一样瘫下去，连哼都哼不出一声来。

众水寇见头儿已死，又一个个受了伤，早吓得魂飞魄散，纷纷夺路而逃，只恨爹娘没给他们多生几条腿。

这时，巫罗俊才匆匆向姑娘道谢："多谢侠女相救，巫罗俊在此叩谢了。"

姑娘急忙还礼："原来大哥就是江南有名的勇士巫罗俊，小妹姓纪名风华，中原河洛人。早听说大哥好本领，羡慕得很，今日得以相见，足慰小妹平生，还讲什么谢字。"

巫罗俊听姑娘一番溢美之词，脸顿时红到脖子根，急忙摇手道："哪里哪里，姑娘过誉了，俺是一介武夫，只有些蛮力而已，并不像姑娘所说的那样英勇。就以今天来说吧，要不是姑娘及时援手相救，这会儿恐怕倒在河中的就不是水寇而是俺了。见笑见笑！"

姑娘反驳道："话不能这么说，俺看刚才大哥是不肯下毒手，要是你早打出袖箭，再多的水寇这会儿也都漂尸赣江了。"

巫罗俊惊愕道："姑娘为什么知道这么多？你还知道俺的一些什么情况？"

纪风华那张娇美的脸庞突然泛出两朵红云："俺还知道大哥勇斗土寇、筑堡卫乡哩！"

巫罗俊更加惊诧了，又问道："姑娘远在千里之遥，为何来到赣江上，做生意？"

纪风华长叹一声："中原烽火四起，生灵涂炭，哪有老百姓的活路哇！俺们是往南迁徙逃难的。在路上，俺就听说了大哥的许多英雄故事与为人，俺就盼望着到南方来能见着你就好。前几天俺听说大哥放木排要经过这里，就在这等了三天了。这消息俺还是从这伙杀人越货的水寇那里听来的。前几天俺在一家饭馆用餐，听得隔壁有人小声讲什么，俺练过功的听力特别好，就细细听了他们的谈话内容。原来正是这伙水寇在谈论大哥的本领以及策划如何拦住木排的事，他们还说大哥运来的是一批优质的油杉，这种木材在扬州很畅销。"

巫罗俊点了点头，说："情况确实如姑娘所说，想不到俺是树大招风，才出黄连峒不久，就有人盯梢了，今后应多加小心才是。"

两人越说越投机，好像有说不完的话儿，这大概就是叫缘分吧。古话说得好：有缘千里来相会，无缘对面不相逢。一个是南蛮山野之中的骄子，一位是中原古都之地的女杰，只因为冥冥之中大概有一种无所不在、无所不能的叫作"命运之神"的安排吧，他们两人才会这么巧妙地相遇相识，最终连结成一段美好的姻缘，纪姑娘成为巫罗俊创业上的得力助手。当然这是后话了。

当下纪姑娘就与巫罗俊一道召集起众排工，重新扎好木排，又沿着赣江放排下去。

巫罗俊对纪姑娘说："纪姑娘，你不是要南迁吗？跟着俺放排去扬州，这不是走回头路？"

纪风华娇声道："大哥，别再纪姑娘纪姑娘的叫，你就叫俺小妹吧！俺要跟着大哥去创业，大哥走到哪里，俺就跟到哪里。行吗？"说罢，脸颊绯红，显得妩媚无比。

巫罗俊也开始动心思了，家中有个柴桂花贤内助，帮他料理家务侍奉父母，可以解了自己的后顾之忧；如果再有纪姑娘这样的女侠帮助自己在外创业，那真是两全其美呀！

因为这年头天下不太平，到处都有土寇抢劫，自己一人，武艺再好终归力量有限，如能加上这位有胆有谋的女侠相助，在外经商就多了一个互相关照联手抗贼的好助手。

此后一路上虽然又遇到几股水寇的骚扰，但有巫罗俊与纪风华这两位各怀绝技的武学高手联手，水寇们都被打得落花流水。因此，没过多久，木排便顺顺利利地抵达扬州。

巫罗俊与纪风华两人在这一段时间的共同战斗中，结下了更加深厚的友谊，也可以说他们的感情又增进了一层。这一路风雨同舟，在木排上同饮长江水，共宿牛皮帐，有看不完的两岸风光，有说不尽的两相爱慕的悄悄话。真情确似长流水，滔滔不绝地从各自心底奔涌而出。

今天，他们已顺利到达美丽的扬州城了。这扬州是历史名城，古人有诗赞曰：谁知竹西路，歌吹是扬州。又云：腰缠十万贯，骑鹤上扬州。当年，隋炀帝骄奢无度，派两个奸臣宇文恺、封德彝督造富丽堂皇的显仁宫。大兴土木之工，选取天下奇材异木，珍奇花草。单那几十围的大木、三五丈的巨石，就不知累死了多少人命。显仁宫已经是金辉玉映，如九天仙阙一般，他游玩了不多日，就开始嫌弃显仁宫不够华丽，又派人修建方圆二三百里宽阔的西苑，挖五湖，掘北海，筑十六院，广选天下千名美女充实十六院，供炀帝纵淫受用。这样过了不多久，他又为了到扬州观看蕃厘观中那株天下独一无二的珍奇琼花，在东京至江都的千里道上盖起七七四十九座宫馆，置宫闱美女，以便沿途接驾，供其消遣玩乐。连年大兴土木，害苦了天下百姓和地方郡县，哪个地方官办事不力，就被处死。被驱来当劳工的男女老少，死伤无数，东京到江都的千里道上，抬尸体的人与抬木头的人一样多。真是到了天怒人怨的地步了，怪不得天下群雄并起，在炀帝到扬州看琼花而迷恋江都美女和秀色之际，李渊在北边趁机占领了京都，公开打出反隋的旗号，揭开了唐祚开基的序幕。因此，扬州的秀色也成为隋炀帝丧失隋朝的一种诱惑。当然，这是他骄奢淫乱、荒诞无道的本性所决定的。

李子通就是趁隋炀帝仓皇回救东京之际，捡了便宜，挥兵占领了扬州，并派兵经略江南各地，俨然他就是江左的霸主，因此放胆称起吴帝来了。他想网罗巫罗俊，无非也是想利用他的号召力，与北边的李唐对抗，保住自己的统治地位。但巫罗俊并不是一个盲从的人，他不贪图荣华富贵，而是亲自到扬州暗访。经过几天的观察与深入了解，他发现李子通这人气量不足，容不下意见有分歧之人，有些好心为他谋取霸业而忠言劝谏的谋士或被杀或被驱逐。最致命的是李子通胸无大志，占领了扬州以及江南一带后，就称王称帝，广为收罗美女，纵情淫乐，过起皇帝瘾来。这样眼光短浅的"草头王"岂能成大气候？

在扬州期间，巫罗俊还听到一个消息：北边的李唐大军中，有一个名叫作李世民的秦王，真是旷世奇才，雄才武略不说，单那爱才慕才之心就足以让手下人奋勇争先，为之驱使效命。所以那天下闻名的"十八路英雄"中就有半数以上豪杰被李世民笼络去了；连那突厥公主都会为他所用。这样的人物才堪称济世英雄呀！要是有朝一日能得见他，向他表明自己报效国家的心志，或能有所作为也未可知。

他的心思早已被纪姑娘看出来了，纪姑娘对他说："大哥，目前中原战火连绵，时局未定，俺们暂时不要去趟这浑水，待局势明朗后再决定今后的出路不迟。"

巫罗俊赞同地点了点头，说："纪妹妹说的一点也不错，俺们看清形势再说。不过，俺身处黄连峒大山之中，外面的时局怎样发展，俺们一点也不知道，如何是好？"

纪姑娘回答道："这好办，俺这次南迁时，在半路上与叔叔失散后一直找不到他老人家。俺如今找到你了，已经有了归宿，也安心了。俺正想回中原去寻找叔叔，顺便打听时局发展的情况。一有好消息，俺就托信过来，或能找到晋见唐王的机会。三国时吴国名将周瑜有诗云：丈夫在世兮立功名，立功名兮慰平生……大哥你不是等闲之人，一定要审时度势，方可抓住机遇，实现自己的远大抱负。你说对吗？"

此时的巫罗俊，更为纪姑娘的才华胆识所折服，爱慕之心又加深了几分。他依依不舍地对纪风华说："小妹说的都很对，可是，俺们这一分手，又要等到何年何月才能再见面？俺舍不得你离开。"

纪风华劝道："大哥，切不可儿女情长，贻误了大好前途。大丈夫建功立业，光宗耀祖，是何等重要的大事。日后俺们长相厮守的机会有的是，你愁啥？"

纪风华就要启程了，巫罗俊有些患得患失，又邀她一同再次逛扬州城。

巫罗俊与纪姑娘经过一家金银铺时，他特意进去买了一支精致的银钗，别在纪姑娘头上，对她说："纪妹妹，你去中原寻找到叔叔后，一定回来团聚，俺们一起创业。一言为定，这支银钗就作为信物吧！"

他们信步走去，发现一条大街旁有一座福建会馆，便走进去看看。

会馆里有许多孩子正在读书，一位老先生见有人走进来，便迎将出来，热情地说：两位是从福建老家来的吧？快里面请。

巫罗俊点了点头，说："谢谢，请问老先生，这福建会馆里也办学堂？"老先生答道：

"是的，咱们福建在扬州经商的人很多，所以自己办起学堂，以便培养子弟。"

巫罗俊又问道："这样很好，不过这学堂太破旧了，为什么不盖一所更像样的学堂呢？"

老先生叹了一口气，说："早就有这个计划，只是一时凑不足这笔钱。要盖一所学堂，少说也得数百两银子呀！"

巫罗俊问："还缺多少银子？"老先生答道："已经募集到二百多两了，但还差一部分未到位。咱们福建人在此地都是做小本生意的，大家也没有太多的积蓄，再要凑足百两银子也不是一件容易的事，所以工程迟迟不能动工。"

巫罗俊听了这话，毫不犹豫地从衣袋中取出一百两的银子，交到老先生手中，说："老先生，俺也是福建人，应该为同乡出点力。俺这里有一百两银票，你们先拿去凑数，将学堂盖起来，让孩子们有个像样的地方读书，这是最重要的。"

老先生用颤抖的双手接过银子，感激万分地说："太好了，太好了，我代表这些孩子们先谢谢你们。快，快请到里面用茶。"

会馆里面有几位老人听说巫罗俊慷慨献银助学，纷纷向他道谢。一位老者说："两位请留下姓名，咱们会馆里将勒石刻碑纪念两位兴学助教的义举。"

巫罗俊连忙摇手，谦逊地说："不敢当，不敢当。晚辈只是聊表寸心而已，何敢刻碑记名，贻笑大方，千万不可。"

老者赞叹道："你如此慷慨助学，世人少有。你正当青年，就有这样的肚量，将来前途不可限量。请问你是福建何处人氏？"

巫罗俊答道："晚辈是武夷山南黄连峒人，姓巫名罗俊。"

老者道："真是后生可畏，你还年轻，一定前程万里。"众老者热情地挽留他们吃饭，但巫罗俊因纪姑娘要走了，心中挺难受的，没有好心情，便告辞众老者，又往街上逛去。

纪姑娘拍了拍巫罗俊的肩膀，激动地说："大哥，你慷慨赠银兴教助学，精神着实感人。你真是人中之杰，小妹没有看走眼，佩服你。小妹到中原找到亲人后，即刻返回大哥身旁，跟随大哥左右学本事、学做人好吗？"

巫罗俊笑着说："纪妹妹千万别这样说话，折煞大

名臣
邹应龙
mingchen zouyinglong

哥了。你肯来与俺们共同创业，那是做大哥的造化，况且妹妹的武功也相当不错，大哥还想多向你学几招呢！"

纪姑娘脸上一阵红晕泛起，一张英气勃勃的椭圆形脸蛋更显得妩媚娇美，柔声说道："大哥又说笑话了，你的武功高小妹一筹，该是小妹多向你学才是呀！"

两人说说笑笑，在街上逛了一天，也不觉得累。巫罗俊又买了好多东西送给纪风华，还在酒楼吃了晚饭，才迟迟回到住处。

第二天，纪风华告别了巫罗俊和众排工，踏上北上中原寻找亲人的漫漫之路。巫罗俊送她到扬州码头，直到望不到她的身影后，才若有所失地返回住地。

在扬州期间，巫罗俊明察暗访，听到和看到了李子通的许多为人的缺陷，经过一番思考后，巫罗俊决定不去见李子通了，也不要他封的狗屁官衔了。

当巫罗俊做出不接受李子通之请的重大决定后，送走了纪姑娘，便一门心思放在经商上。他将这次运来的油杉投放扬州市场出售，由于这种杉木质地坚实，大受扬州市民的欢迎，很快销售一空，并获得很高的利润。

巫罗俊满心欢喜，就带着一同放排来的几个青年去逛扬州城，准备采购一些如意的物品带回家。他们在扬州城里游玩了多时，买了不少的日用品。正想回住处时，忽闻前方传来一阵喧哗，便赶过去瞧热闹。

原来，街头有几个地痞正在欺侮一个卖艺老人，要强行抢走那位老人的孙女，老人为了他那相依为命的唯一亲人不受侵害，将头在坚硬的街石上磕得"咚咚"作响来向他们哀求，而这些地痞并没有放过他们，反而飞起一脚把老人踢倒在地，一口鲜血直喷出来，地痞架起少女就走。

这时有位少年闯入人围，大喝一声："大胆，青天白日强抢民女，还有王法没有？"

顿时众地痞把那少年围了起来，立即棍棒齐下，往那少年身上打。少年毫不畏却赤手与众歹徒搏斗，一连打倒了三四人。少年虽然勇敢，但歹徒众多，一人难于对付。

正在危难之时，巫罗俊一步跃进圈内，飞起一腿，一个秋风扫落叶，踢倒那汉子，那汉子杀猪般嚎叫起来，好大一会儿爬不起来，众地痞见状，知道一时占不了便宜，便架起汉子，作鸟兽散。

那少年急忙向巫罗俊道谢："多谢大哥出手相救，

请到舍下一叙如何？离这里不远就到。"

老人与少女跪下向巫罗俊、少年磕头致谢，巫罗俊赶紧扶起他们，说："千万别这样，快起来，快起来！俺这里有十两银子，你们爷孙拿去做小本生意，快快离开此地为妙。"

老人感激不尽，又问道："请问恩人尊姓大名？日后也好报答你。"巫罗俊摇摇手，说："快别这么说，你们收拾收拾就走。"

那少年拉着巫罗俊的手，说道："大哥，走，到我家中玩玩。"巫罗俊点了点头，说："好，好。哦，这位兄弟，还没请教尊姓大名哩？"

少年答道："小弟姓谢名元昌，世居扬州，也算大户人家，往后大哥来扬州办事，就到小弟家来往。"

巫罗俊应道："多谢兄弟盛情，往后少不了要多打扰兄弟了。"

谢元昌领着巫罗俊走进谢家宅院。这是一座重檐歇山式的壮观大院落，红漆大门，朱墙碧瓦，自有一股豪华气派。

谢元昌说："大哥，这就是小弟的家。家父是盐商，这一条街上有许多店铺是小弟家的，你要什么货物，只要向小弟交代一声，保证价格优惠。"

巫罗俊点了点头，说："多谢多谢，以后我们就向你家进货，你们就做我们的东家吧，我们山里人在大地方也要有像你这样的好朋友，生意才能做开。"

这时，一位鹤发童颜、红光满面的老者，从内堂迎将出来。

谢元昌指着老者说："这是我爷爷。"

巫罗俊礼貌地向老者施礼："爷爷好！"

元昌又对爷爷说："爷爷，这位大哥姓巫名罗俊，一身好武功，刚才多亏他救了我。"

老者先向巫罗俊道谢，然后对谢元昌说："是你在外惹是非了吧？否则人家为什么要出手救你？"

元昌应道："是一伙地痞光天化日之下强抢民女，我看不过，出面救那女孩儿，才和人家动手的。"

巫罗俊也趁机解释道："元昌说的没错，那地痞欺老凌弱，可恶至极，元昌出手相救，俺也是打抱不平，才教训了那小子。"

老者听了，乐哈哈地说："好，好，见义勇为，乃咱中华之美德也。我看你气度不凡，将来前途不可限量，阿昌你好好地向他学习才对，将来必有好处。"

元昌应道："是，爷爷。"

谢家备好酒席，请巫罗俊就座。众人正举箸谦让时，适逢一队人挑着食盐进院子。

巫罗俊眼尖，突然发现人群中有一个熟悉的身影穿过弄堂，急忙赶过去，一打照面，两人几乎同时叫起来："呀哟，是你？你什么会在这里？"原来，那人正是邓志勇，自从那回杨一郎到闽地征兵时，志勇也同时从军去，但没有与巫罗俊安排在同一支队伍中。

从此，两位好朋友便失去了联络，巫罗俊回到家乡后，也曾去邓家找过他，他家里人也是忧心忡忡地告诉巫罗俊，自从志勇从军后，只给家中来过一封平安信，以后转战江北，就失去了联系。这次，偶然间会被巫罗俊遇见，两人都非常高兴。巫罗俊便问起邓志勇，为什么从军这么久了，都不给家里去信？邓志勇长叹一声，道："大哥，说来话长，小弟自从上前线后，队伍就开到江北去作战。俺们那支部队时常被起义军袭击，损兵折将，战斗力也不强了，一打听，大哥已经回家去了。不久，杨一郎升迁扬州总兵，俺们部队也都驻防在这里。俺早看出杨一郎不是东西，又听得军中许多将士赞大哥勇冠三军，是被杨一郎冒领功劳后排挤回家的。因此，俺不愿继续为杨一郎卖命，就偷偷开了小差，躲在城内福建会馆中，给扬州当地一位姓谢的盐商做帮工糊口。因怕杨一郎抓逃兵，故一直不敢与家中通信。李子通兵困扬州时，俺就知道杨一郎一定会失败。果然，没打几日，扬州就被攻破。俺正准备积蓄一笔盘缠，以便早日返回家乡。不期今日在此巧遇大哥，不知大哥来扬州何干？"

巫罗俊答道："李子通下诏为俺封官许愿，要俺到军前为他效劳。俺这次就是特地来扬州看一看李子通成得了气候不？再决定去留。"

邓志勇急忙摇头道："千万别上了这条贼船，免生后悔。俺看李子通也是秋后的蚂蚱——蹦跶不了几天了。民谣唱的'桃李子，有天下'，应验的肯定不是李子通。你看北边的李渊、李世民麾下猛将如云，兵精粮足，这家李氏才可能成大气候。古语道：良禽择木而栖，良臣择主而事。咱们应等待圣天子出现，目下世道离乱，王侯各拥兵自重，争战不休，只有明主出现，才能收拾残局。你说是吗？"

巫罗俊很感激邓志勇的直言相劝，也为他对时局的了解与分析透彻感到佩服。他诚恳地对邓志勇说："俺

名臣
mingchen zouyinglong
邹应龙

也看出李子通只是'草头王'一个，胸无宏志，难成气候，不想接受他的封赏。这不，今天与弟兄们上街购买东西，正准备回家哩！"

邓志勇一听乐不可支，连声叫道："好，好，俺和大哥一道回家。为爹娘尽孝去。"

巫罗俊沉思了一会儿，说："小弟，俺有一事与你商量，你在扬州商界混了这几年，见过世面，人头也熟，俺想在这里开辟一个货栈，作为黄连峒与外界的交流场所，正愁找不到一个得力的人才在这里总揽商务。今天一遇到你，俺就定了心，这个最好的人选就是你。你先回家将父母亲都带来扬州一同居住，以尽孝心，同时可以负责扬州的全盘商务工作。你看如何？"邓志勇欣然应命。

这时，谢元昌走上前来，邓志勇急忙施礼，说道："少爷，这位是我故友，在此巧遇。"

元昌喜道："大哥，这位巫大哥对我有救命之恩，既然你是他的朋友，也是我的朋友。今后不要叫我少爷了，叫我小弟就好。"原来，邓志勇就是谢元昌家的帮工。元昌见他们有事商量，就走开了。

巫罗俊为什么会有开辟扬州市场的想法呢？原来，

这次运来的木材出现旺销的情况，引起巫罗俊的重视，他从中得到一个启示：黄连峒遍野是杉木，那是一座座取之不尽用之不竭的宝库。如果在扬州建立一个货栈，专门出售黄连峒的木材与土特产品；在家乡组建一支伐木队伍、一支放排队伍和一支土产购销队伍，形成一条龙作业，砍、运、卖各个环节都有可靠的人把关，这个生意一定会做得红红火火的。对，应该把扬州开辟成黄连峒与外界交流的一个据点，这样才能壮大经济，促进黄连峒的发展与繁荣。要不然，那满山的木材放在家乡充其量只不过是木材而已，它不能充分发挥优势，变低贱为高贵，体现不出它特有的重大优值。只要将它运出大山，白花花的银子就会"哗哗"地流进黄连峒人的钱袋里。

再者，伐木的迹地又可以再种树，青山不老，永续利用，而且山脚旁边可以开垦成田园，种植庄稼，增加粮食收成。由于南迁的中原汉人不断涌来，都定居在黄连峒这片安宁的世外桃源，因此人口急剧增加。如不广辟疆土，垦荒造田，如何解决日益增多的人口吃饭问题？要是很多人没有找到生活出路，或者没有最起码的稳定生存条件，那么，这部分人就会出现偷窃、抢劫或逃荒要饭甚至无可奈何冻死饿死的可怕恶果。那么，这里的社会就将会出现混乱局面，安宁祥和的美好生存环境就会被破坏。真是那样的话，俺巫罗俊可要成为历史的罪人呀！俺如何对得起寄希望于自己的父老乡亲？如何对得起黄连峒这一片养育自己的黑土地？

因此，他便用出售木材的钱购买了许多山里人的日常用品，雇了一条船返家去。邓志勇也购买了许多物品，一同回家探望父母。

又是一程餐风饮露，巫罗俊回到了黄连峒，昭郎夫妻和柴桂花等全家人欢天喜地。

巫罗俊回到黄连峒后，马上着手组建伐木队、运输队。数百名青壮汉浩浩荡荡地开进山里，满山遍野响起了"叮叮当当"的伐木声。大家唱着《伐木号子》雄浑有力的调子，干得热火朝天。

巫罗俊说："弟兄们，加油哇，多砍木头多卖钱。"

一青年问："大哥，咱这山里虽然满地都是木头，但拼命砍下来，以后恐怕就没木头可砍了。"

巫罗俊回答："无妨，俺们今年砍木头的山地，明年春天一到就种上树。这样砍一片，种一片，待到黄连峒的原始森林都砍光了，新造的人工林不是又成为茂密的森林了吗？哪能砍得光！俺们要保护好森林资源，让子孙后代都从大森林中获取财富，你说对吗？"

众人一听，都高兴地说："还是大哥有长远眼光，俺们跟大哥创业，一定能开辟出一片新天地。"

巫罗俊找来当年最要好的小伙伴邓志勇、钟启明、简吉昌等人，商量发展黄连峒贸易的大事。巫罗俊分析了当时的形势，认为目前天下未定，群雄争夺的目标都在中原，黄连峒山高林密，路途遥远，没人顾及这片未开垦的处女地。我们正好利用这个机会，发展壮大自己的经济力量。因此，特地请三位好友出任要职。开始组建几支队伍：一是组建伐木队，请钟启明带队，边伐木边开垦造田；二是请简吉昌负责组建手工作坊，生产富有地方特色的工艺品和土特产品；三是由邓志勇在扬州城开辟商场，专门销售木竹、工艺品、土特产品等。巫罗俊自己往返于黄连峒与扬州之间，一方面保护运输队，一方面调剂两地之间的物资所需。

从此，黄连峒那满山的木头源源不断地流向江都繁华之地，变成大把大把的银子。

江都的各种物资又流向黄连峒，丰富了山区人民的物质生活，黄连峒人民的日子一天天好起来了。

巫罗俊又设计了一种四方的土楼，这种土楼非常坚固，具有防御功能兼屯居安全、采光合理等长处，一座土楼就可以居住上百户人家。附近的农民也纷纷效法，盖起了许多四方的、圆的土楼居住，不但有效地防卫自己，免遭土寇袭击，而且增加了团结的气氛。

巫罗俊带领众人在山坡上搭盖草棚为屋，架起竹片为床，在伐木的迹地上开荒拓地，造出大量的良田。

巫罗俊挥汗如雨，正与一帮青年男女在开荒造田。柴桂花送来擂茶，香喷喷的香味弥漫开来，一起劳动的青年纷纷过来喝擂茶，都赞柴桂花擂制的擂茶好香好香。大家休息一会儿时，男女就分成两帮，开始唱起山歌来。

由于黄连峒地界有千里之遥，巫罗俊骑着高头大马奔跑四方进行协调，指挥人们大力开荒造田。以巫罗俊为首领的黄连峒一带出现了垦荒造田、伐木经商的热潮，东至桐头岭、西至站岭、南至杉木堆、北至乌泥坑（即今宁化、建宁、清流、明溪等县全境千里方圆）全是巫罗俊领导人民开发的。

从此，黄连峒人民安居乐业，过着幸福的生活。

唐武德四年，吴帝李子通败死；武德七年，挟诈起兵自称宋帝才六个月的辅公祏被足智多谋的李靖率部全部歼灭，自此江南各草寇已平，中国大势，已归唐王朝一统。所有从前盗名窃字、割据州县的地方豪强也尽行剿灭，只有梁师都还占据朔方未曾削平。

　　但刚刚建立政权不久的唐王朝，外患不断，尤其是突厥大举入侵，连营百里，气势猖獗。唐高祖李渊只好将注意力集中到平定边陲外患方面，对像黄连峒这样的边远山区尚无暇顾及。因此，这种地方暂时处在"三不管"的境地，而这种地方的民众却极希望有个安全感，所以就会公推出地方上德高望重的人物出面主持局面。这时节巫氏家族已经在黄连峒居住数代了，算得上地方上的大户人家，是说得起话的乡绅人物。更兼巫罗俊智勇双全，为维护土著和客家先民的共同利益做出了巨大贡献。他团结当地人民，形成一股足以与外界草寇势力相抗衡的较强大的力量，所以李子通在扬州称帝时，也想利用这股势力，因而封官许愿，想拉拢巫罗俊。

　　因此，在唐王朝建立初期，巫罗俊凭他的政治和经济实力，实际上已经成为黄连峒的首领，统治着这一带方圆千里的小"王国"。

名臣
mingchen zouyinglong
邹应龙

巫罗俊之所以能成为这个"小王国"的首领，除了他勇猛过人、才学双馨外，还有他能成功的很重要的一点是：团结土著，知人善用。试想在这以土著为主体的千里土地上，成千上万民众同时开荒造田、伐木经商，每天都不知有多少事情发生，如果单巫罗俊一人来管理，就是跑断腿也是顾不过来的。因此，他起用了一大批有才华的青年，培养他们成为开疆辟土、伐木经商的骨干力量。如他们的好友邓志勇、钟启明、简吉昌等人，就成为他们开发黄连峒的得力帮手。他们都能独当一面，不管是带领人们开荒造田，还是泛排吴江一带经商，都能不负众望，圆满完成各项任务。当时的巫府上，就成了临时府衙一样的所在，黄连峒人民有了什么纠纷、冤屈、困难，都会找巫罗俊出面调解、评判，就如过去有事就报官一样。人们都敬重巫罗俊，因为他人品高尚，治世有方，更兼他秉公处事，深得人心，人们无形中已将他认作黄连峒地方的"父母官"了。

当然，会形成这种局面还有一个历史原因，这就是旧朝已经灭亡，所属的统治机构也随之宣告垮台，那些旧朝官吏们早已作鸟兽散。而新朝刚刚建立，地方统治机构尚未完全建立起来，特别是唐初内忧外患不断，自

开发始祖巫罗俊

李渊禅帝位唐祚开基后，各地"草头王"也纷纷称王称帝。古话说得好：一山容不得二虎，江山只能一统，不允许诸侯割据、分裂国家的情况长久存在。因此唐王朝只好四处用兵，头几年集中兵力剿灭国内数十支"草头王"队伍，平息卢江王谋反；接着修和突厥，扫平东突厥，征服高丽，多少征战事发生。难怪有人说李世民是在马背上当皇帝的。虽然他父亲李渊也当了九年皇帝，但这九年中都是李世民鞍马劳苦，挥师东征西讨，扫平各方，才保得朝廷无事，李渊才能坐稳几年皇帝。天下大势尚且如此，哪还有心思顾及边远地区的开发事宜？

由于这种种历史原因，黄连峒一带成了一个"真空地带"，一时还没有列入唐王朝版图之中。在这样一个暂时没有朝廷派驻机构管辖的地区，民众只能依靠自己来维护地方上的生产生活秩序。巫罗俊也就成为时势造就的英雄，肩负起领导黄连峒人民进行开疆辟土、艰苦创业的首要领导人物。黄连峒千里的山山岭岭间，留下了他的一行行跋涉的足迹；闽西北的千沟万壑中，淋遍了他的滴滴汗珠。因此，黄连峒这一带的人民都能安居乐业，丰衣足食。人们感激巫罗俊的开发之功，有口皆碑，颂扬他的无量功德。

随着南迁汉人数量的增加，中原人民的传统习俗也在黄连峒一带流传开来。如汉人喜爱喝擂茶，这种擂茶具有药用及营养的双重效能，它是以数种青草药拌肉丁、粉丝、芝麻、花生等物制作而成，既可解渴解饥又能祛病健身，因此广受黄连峒人民的喜爱。为了发展这一传统美食，巫罗俊请来了手艺精湛的师傅，让他选择地形，建立碗窑，烧制擂茶器物。他领着师傅，顺着城堡外围边走边察看。走到一处山坡时，师傅蹲下身子，仔细查看土壤情况。忽然，师傅高兴地说："巫首领，这里的土壤有良好的黏性，可以烧制擂茶器物。"巫罗俊一听，乐开了怀，拉着师傅的手说："很好，很好！今后这里会有更多的南迁汉人集居，大家都有喝擂茶的习惯，每家每户都要购置擂茶钵、茶缸、碗具什么的，建立碗窑一定有生意。"

师傅听了，也兴奋地说："那什么时候动工建窑？"

巫罗俊手一挥，果断地说："俺马上派人来建窑，一切技术由你指挥。"

从此，黄连峒开始建立各种砖瓦窑，不但烧制擂茶钵、碗具，而且烧制大量的砖瓦，供应建造"围龙屋"。这种"围龙屋"是具有客家特征的居住建筑，曾经流行闽西北一带长达千年以上。至今，这里还可以看到这种客家特色的"围龙屋"。最近在福建省宁化县淮土乡吴陂村窑神排（属古石壁地区）发掘出土的一座唐代专烧擂茶器物的古窑及各式钵、罐、盘、支座等陶瓷器具，也证明了唐代这里烧制陶瓷技术就已达到很高的水平。

有一天，巫罗俊见事务不甚繁忙，便约钟启明、简吉昌等几位好友出去游山玩水。

他们骑着马，来到西华山（亦名白水顶、东华山）。此山位于黄连岽石壁与江西省石城接壤的边界上，乃一名胜之地，人们常来此游玩。登临西华山巅，极目远眺，翠江如玉带一般蜿蜒于山丘、平地之间，在阳光下闪发着金光。西华山主脉向东沿石壁入济村长坊村，止于吾家湖。北支深入济村上龙头村；南支入石壁的邓坊桥、隆陂、三坑、陈塘、桃金等村边界地带。石壁溪、刘村溪、武昌溪均发源于西华山麓。

西华山的美妙景致令巫罗俊一行人流连忘返，面对大好河山，他们感慨万千，他们要用毕生的力量，来开发、建设可爱的家乡。如今，天下渐渐太平了，老百姓可以安居乐业了，更激起了巫罗俊的创业热情。

于是，他积极四处探寻开发资源，无意中发现了翠江里的皓白细砂中含有不少乌黑的细铁沙。他知道，这是附近山上蕴藏铁矿的证明，而有铁矿的地层中，往往也会伴生铜矿、银矿等。经过探寻，果然如巫罗俊所预料的那样，开发出好几处铁矿、铜矿和银矿。《唐书·地理志》上就记载这里有银、铁沙、铜等矿藏。冶炼业的发展，使黄连峒名声远扬，与江南各地的贸易也越来越频繁了。

巫罗俊又学中原汉人的交易方式，在黄连峒各人口较集中的村落分设集市，或初一与初六日、或初三与初八日，各地山民将自己所做的手工艺品和土特产集中到集市上交易，人们称之为"赶墟"。他又在各集市地点分设日杂百货栈，将从扬州购来的日用品调拨到各个货栈，供应当地人民。这样做一举多得，既繁荣了市场，又方便了群众，还获得巨大的经济效益。

巫罗俊具有远大的目光，他没有将伐木经商所获得的巨大利润据为己有，而是用这些资金投入公益事业建设。在交通要道建造了一座座桥梁，极大地方便了山区人民的交通运输，发展了运输业；在各姓聚居地，资助修建了祠堂，同时也作为学堂使用。

　　他还提倡设立助学奖励基金，就是各家族要留有"公田"，以岁收稻谷作为奖励品，入学儿童每人每年奖励稻谷数石。此举也极大地鼓舞和促进了黄连峒人民重教兴学的热情，从此，这种良好的风俗就一代代传下来了，及至后来大量中原与江淮汉人迁移来，形成客家民系后，凡是有客家人的地方，就能听到祠堂中朗朗的读书声。这种文化景观最终孕育出灿烂夺目的客家文化，使客家文化在辉煌灿烂的中华民族文化艺术回廊中闪发着熠熠光彩。历史学家在评论理学的发展时就下了定论：理学是客家人兴起的。这个论述不仅非常正确，而且从另一个侧面反映出客家人重视文化教育的辉煌成就。这种普及型的文化教育活动在闽西北逐渐兴起。

　　闽西北人民代代继承和弘扬了这一兴学特色，尊师重教，因此直到数千年后的今天人们来到客家人居住的地方，感受最深的就是：山村里最漂亮的房子是学校；人们感到最荣耀的是孩子上了大学。古人将考取功名当作人生奋斗的最高目标，在孔夫子的这种"学而优则仕"的儒家思想指导下，黄连峒一带确实也产生过许多著名的历史人物，历史上闽西北闻名全国的史学家、哲学家、诗人、画家、音乐家、书法家等艺术人才，就有200余人，真可谓人才济济，群星璀璨。这些辉煌灿烂的历史文化、人文景观，在中华民族的伟大艺术殿堂中，闪烁着熠熠光辉。所有这一切载入史书的成就，都与一个光辉的名字紧紧地联系在一起，这就是开疆始祖巫罗俊。由于他的大力倡导和极力推行，尊师重教的良好风尚很早就在客家民系中形成，经过一代人的努力，终于培育出一个个艺术大师，以各自的才华与成就书写出一页丰满的历史，使闽西北有了一种足以与外界文化古城如泉州、莆田等相媲美的令人骄傲的文化内涵。闽西北这一片土地，是古老而神秘的土地，是历史文化积淀深厚的土地。

巫罗俊以其大智大勇和杰出的领袖才华，成为黄连峒的大首领，成为开辟闽西北千里土地的开疆始祖，其赫赫功绩永远载入史册。

巫罗俊这几年来忙着领导黄连峒人民进行创业，整天精神抖擞，以乐观的情绪感染着人民。但每当更深人静时，他便会精神恍惚，患得患失，似乎总有什么丢不开放不下的事情牵挂着。

柴桂花很担心他的健康，以为他得了什么怪病，经常催他去找郎中看一看。她哪里知道，巫罗俊并非得了什么怪病，而是时刻在想念着一个人，一个使他魂牵梦萦的人。

这个人就是纪风华姑娘。因她上了中原寻找叔叔已有数年了，但一直找不到叔叔。

原来，她的叔叔纪汉杰已经投奔李世民，在唐军中当了一名谋士。纪汉杰也是个满腹经纶的博学之士，在隋时因朝廷君主炀帝昏庸无道，朝中又被一群只会阿媚奉承的奸臣把持着，天下一片黑暗，正直之士哪有出头之日。因此纪汉杰虽然才高八斗，也只有望空兴叹而已。如今，圣明天子李世民统一了天下，他又是个极爱才的君王，所以纪汉杰遇到了明主，便将满腔热血奉献给国家统一大业，在李世民帐下充分发挥其聪明才智，颇得李世民及各位将领的赏识。

唐贞观三年，天下基本靖宁了，纪汉杰这才想起当初一道为避乱而南迁的侄女纪风华，也不知她流浪到何处去了。因此他就告假回乡想打听纪风华的消息。正好纪风华也在家乡四处寻找叔叔，两人一见面，互诉离别愁绪，思念深情。当纪风华听说叔叔已在唐太宗手下为官时，喜出望外，急忙把遇见巫罗俊的经过，以及巫罗俊是怎样领导黄连峒人民开荒种植、筑堡卫民的，英勇善战、勇冠三军，和拒绝李子通所封的官衔，并且正在寻找圣明君主的种种情况，一一告诉了叔叔。纪汉杰说："那正好，陛下最近正要南巡，视察民情。现就修书一封，叫巫罗俊即刻赶到陛下的行营，我先去和秦叔宝禀报，到时听我的吩咐。"

这几天，巫府中一片繁忙，巫罗俊成了黄连峒的领袖人物后，巫府也就成了府衙，黄连峒人民有什么事就全到巫府来找巫罗俊处理。巫罗俊不但要领导人民开荒辟土，伐木经商，而且还要管理这一派千里土地，处理人民中间发生的各种矛盾，因此显得特别忙碌。

这天中午，巫罗俊正在处理一桩民间纠纷，忽然信使交来一封来自中原河络的信件。

巫罗俊一看，眉飞色舞，近一段时期笼罩在他心头的愁云一扫而光。他一边看信一边兴奋地说："太好了，太好了！纪姑娘送来的消息真是太重要了。"

柴桂花见他这么高兴，便问道："啥好消息把你乐的？"

巫罗俊一扬手中的信件，回答道："纪姑娘从中原来信说，如今天下统一了，唐太宗是个难得的圣明天子，非常爱惜人才。纪姑娘的叔叔又在太宗手下当谋士，可以举荐俺面圣。最近皇上会南巡，她要我趁这机会立即赶到皇上的行营去，咱们开辟的千里土地如今已是人口众多，也该并入大唐版图了，为了江山统一，咱们每一个炎黄子孙都有责任，咱们不能老当化外之民哪！"

柴桂花满心欢喜，说："还是大哥想得周到，乱世人不如犬，咱们尝尽了离乱的苦滋味，朝廷也鞭长莫及，哪管得了咱们黄连峒百姓的疾苦。如今天下太平，江山统一，俗话说得好：普天之下皆王土也。您该早点动身去晋见皇上，献上黄连峒版图才是。"

巫罗俊一把拉住妻子的手，激动地说："娘子好贤惠，真是俺的内当家，俺明日就动身去。不过，有件事要与娘子商量，这次到中原，俺会给你带一位妹子回来，你欢迎不欢迎？"

柴桂花连连点头，说："当然欢迎，大哥能看上眼的，一定差不了，大概是一位大家闺秀吧？"

巫罗俊摇了摇头，答道："不！不是什么千金小姐，而是在赣江上救过俺的纪姑娘。"

柴桂花道："原来就是路上救过你们的那位女侠，

大哥您不要问俺欢迎不欢迎。您长年在外经商，风霜雨露，历尽艰险，有个贴心人在一起照应，俺也放心。俺高兴都来不及，还能不欢迎吗？"

巫罗俊动情地说："好娘子，你这么体贴俺，太好了，谢谢你！"

柴桂花红涨着脸说："谢什么，只要大哥今后别忘记俺就行。"

巫罗俊紧紧握着妻子的手说："哪能呢，咱们结发之情俺是永远不会忘记的。"

此时，巫罗俊的父亲昭郎和师父张有道都是近古稀之人了，他们听巫罗俊说唐王朝已经建立，天下开始太平了，乐得张开没有牙齿的嘴巴"哈哈"直笑。师父说："天下太平了，俺老百姓才能过上安宁的日子。"巫罗俊点了点头，说："对，师父，现在唐太宗在位，开创贞观之治，天下靖宁，中原人民已经安居乐业，俺们这地方也该结束化外蛮荒的历史，早日归入大唐版图了。"

昭郎和张有道都说道："阿俊真有远见，中原烽火已息，群雄割据的局面结束了，天下已归一统，俺们这小小黄连峒没有理由远离大唐盛朝的怀抱。"

巫罗俊激动地说："是呀，虽然武夷山南这千里之地都是俺们开辟出来的，但这原本就是华夏大地上不可分割的一部分。江山一统，民心所向，能为国家统一大业尽力是每一个炎黄子孙的心愿呀！"

张有道赞许地说："阿俊心高志远，前途无量，但你要把握时机，及时向朝廷上表奏明。"巫罗俊应道："是，俺明天就要赶往皇帝行营晋见太宗皇上，献上黄连峒版图了。"

第二天一大早，巫罗俊便动身启程，赶赴皇帝行营面圣。柴桂花送了一程又是一程，叮嘱他一路小心照顾自己，早去早回。唐皇封官更好，没封官也无所谓，回家安居乐业，也是难得的人生乐趣。

巫罗俊默记着贤妻的话，一路上早起晚宿，车船兼用，急急赶了十几天路程，才到达李世民的行营。纪姑娘已经候在一家客店等候多日了。两人一见面，悲喜交集，真有说不完的相思话，诉不尽的别后恋情。

这时的巫罗俊已是年届48岁的中年人了，感情丰富，处事稳妥，颇具将帅风度。而纪姑娘虽年近三旬，却风采依然，身系披风，腰悬宝剑，英姿飒爽，一派巾帼英豪气势。

两人虽然年龄相差十几岁，但一个是人中之杰，一个是女中英才，正所谓郎才女貌，天生地造。两人也情投意合，早已恩恩爱爱了。

纪汉杰早已向秦叔宝禀报了巫罗俊开辟黄连峒千里土地的事，并请秦爷代向唐太宗禀告。这一天，唐太宗传旨，召见巫罗俊。巫罗俊与纪风华一同来到皇帝行营前候旨。

纪姑娘告诉巫罗俊，听说太宗皇上很器重人才，你见到皇上时，应不亢不卑，从从容容，才能显示出一方首领的风度。

两人正说笑间，忽听行营内传出一声呼喝："皇上有旨，宣巫罗俊晋见。"巫罗俊急忙趋入，只见太宗皇上面带微笑，端坐御案龙椅上处理国家大事。巫罗俊赶紧跪下，口称："草民巫罗俊叩见皇上，祝吾皇万岁万岁万万岁！"

太宗和颜悦色地说："平身，汝有何事启奏？"巫罗俊双手托起黄连峒的千里地形图和人口统计表、奏章，启奏道："草民世居闽西北黄连峒，该地土寇蜂举，千里蛮荒。草民率众打击土寇，筑堡自卫，并拓疆辟土，伐木开山，已开辟武夷山南千里之地。因该地距京都万里之遥，天朝初定时版籍疏脱。如今，黄连峒土旷齿繁，宜授田定税，使黄连峒归于国家一统，同沐浩荡皇恩，万民之幸矣！"

太宗大喜，连连称善，说："好，好，汝有功于朝廷，有功于百姓，朕今授汝威武侯，赐尚方宝剑，令镇黄连，继续率黄连子民垦荒造田，扩疆辟土。"

巫罗俊喜出望外，感激涕零，伏地谢恩："谢主隆恩，吾皇万岁万岁万万岁！"

巫罗俊出了行营，与纪风华拜别了纪汉杰叔叔，返回黄连峒，开始了新的创业。

巫罗俊回到了家乡，黄连峒人民载道欢迎，人们就像迎接凯旋的勇士一样，迎接着他们心目中的英雄人物。从此，巫罗俊成为这里的真正领袖，而且是持有尚方宝剑的威武侯。由于出现了这么优秀的杰出人物领袖着土著，客家先民的地位在这一带有了明显的提高，巫罗俊的声望也与日俱增。

巫罗俊回家后，先办理了婚事，依照汉人的风俗，举行了隆重的婚礼。在巫家祠堂里，从四面八方赶来贺喜的人们川流不息，巫家也风风光光地办好了这件大事。

柴桂花正在张罗洞房，刚好拜完天地、高堂的巫罗俊与纪风华被送入洞房。柴桂花诚恳地对纪姑娘说："妹妹，你有勇有谋，正是阿俊大哥创业的好助手，今后大哥的事业全靠妹妹扶持了。"

纪姑娘连忙说："姐姐，怎敢这样说，你是咱们巫家的内当家，里里外外一把手。今后妹妹还要仗姐姐多关照，多扶持呀！"

柴桂花连连摇手说："说哪里话，姐姐只会操持家务，大哥在外经商，风雨艰险俺是一点也帮不上忙。只有妹妹侠义心肠，武艺高强，才能帮上大哥的忙。往后大哥就托付给妹妹了，姐姐在家才能安心。"

纪姑娘一把搂住柴桂花，亲亲热热地说："好姐姐，小妹一定照顾好大哥。小妹也一定学习姐姐，做个贤妻良母，和姐姐一道帮助大哥开创事业。"

巫罗俊见此光景，脸上涌起幸福的笑容，激动地说："好，好，你们姐妹能同心同德，帮俺助俺，咱巫家一定会更加兴旺，黄连峒也一定会越来越繁荣昌盛。"

这时正好是秋收结束的时候，黄连峒人民为了庆祝丰收，也为了庆贺巫罗俊受封官职荣归，特地举行了隆重的文艺活动，有舞龙的、有闹故事的、有放花灯的，还在巫家祠堂搭起大戏台，请来戏班演社戏，一时热闹非凡。

巫罗俊在祖先灵前发下誓言："列位祖宗在上，不才巫罗俊受神灵和祖宗庇佑，今得皇上恩典，封赏官爵，荣宗耀祖。不才一定奋力开疆辟土，造福于民，不负皇恩，不辱使命，更不敢有失众乡亲的厚望。请祖宗保佑黄连峒风调雨顺，岁岁平安。"

从此，巫罗俊带领黄连峒人民，继续开疆辟土，伐木经商。

其时的黄连峒人民中，主体是土著，客家先民在这里落户的并不很多。不过，虽然汉人南迁而来的人数不多，但他们带来了先进的生产技术，如造纸术、印刷术、纺织印染和制造等工业技术；还带来了优良的教育、文化等时代文明，使黄连峒以及整个闽粤边界山区发生了巨大的变化，社会科学和文明程度都得到迅速提高。这对当时文化及教育都比较落后甚至可以说尚未完全开化的土著来说，正是一个吸取有利因素促进部落发展及优势互补、促进当地社会文明进步的机遇。土著对南迁汉人所带来的先进技术和科学文化表示极大的欢迎和认同，况且汉人数量不多，没有对土著构成生存威胁，所以客家先民与土著之间虽然有时会因一些开发山地、农田灌溉所用水源、居住村落地理优势等产生矛盾，但总体上看矛盾并不激烈，彼此之间关系密切，相处得比较融洽。另一方面，唐王朝刚刚建立，外患内忧不断，朝廷也无暇顾及这种边远地带的发展态势，对这里基本上只是采取羁縻统治的办法，让土著民表示归顺，没有给这一地区的人民增加过多的徭役负担，只象征性地缴纳一些贡赋而已。

特别是当客家先民的后裔——大智大勇的领袖人物巫罗俊统治黄连峒后，凭着一颗爱国爱乡的赤热之心和对华夏民族统一的热切期望，将开发的千里土地纳入唐王朝版图时，又得到唐太宗的嘉奖，封赏官职，令镇黄连，剪荒自效，因此黄连峒赢得了百来年平稳持续发展的宝贵时间。

巫罗俊利用这一有利的时机，大力发展经济和文化教育事业。黄连峒这个被世人称之为"蛮荒之地"的地带，被巫罗俊建立成世外桃源般的"自由王国"，并逐渐形成南迁客家先民的理想栖息地。从唐贞观三年唐太宗封巫罗俊为威武侯镇黄连开始，至唐开元十三年唐王朝始对闽赣粤边界山区加强统治，将黄连镇升格为县时，历时近一个世纪。巫罗俊及其世袭侯位的子孙，借助唐天子所赐的尚方宝剑，在这一地区建立起巩固的统治权力和领袖地位，使这里达到长期的稳定，经济有了长足的发展。

在1400多年后的今天，当我们开始研究"客家摇篮"形成的过程时，我们不能不审视由巫罗俊开发的这一片土地所拥有的历史地位。巫氏南迁后的祖居地——黄连峒玉屏村（即古石壁地区），是个群山环抱、绿水长流、方圆200多平方公里尚未开发的处女地，很有发展潜力。这里距江西石城仅有十几公里，是由赣入闽的重要路线。这里的水路交通更为方便，有经江西石城、于都、赣州、吉安、樟树、丰城、南昌入长江的赣江；有经江西南丰和抚州入鄱阳湖的抚河；有经清流、永安、三明、沙县而入闽江的沙溪河，这几条河流的源头都在宁化；而赣江东源贡水和闽西流经长汀、上杭、永定而入广东大埔成为韩江的汀江，其源头则在与宁化县毗邻的长汀；还有广东东源之水的源头也在宁化附近的江西贡水之南，所以水路交通非常方便。

得天独厚的地理优势使黄连峒成为经济发达、社会稳定的所在。虽然其时因盘踞扬州称吴帝的东海李子通兵败后，南朝统治闽中的陈宝应和江西临川的周迪两大割据势力余部趁机作乱，土寇蜂举，危害人民，但少年殊勇的巫罗俊率众奋起反击，并筑堡自卫，维护了社会治安，使土寇不敢侵犯，人民安居乐业。因而当时出现了"远近争附之"的情况《宁化县志·建邑志》。

由客家后裔领导着这一地区，对散居在武夷山两侧广大地区的汉人有着很大的吸引力。

特别是这一地区能够保持近一个世纪的稳定发展局面，在当时是相当难能可贵的。因此，当那些南迁的汉人在临时居住地不断遭受战乱的威胁和破坏以及土寇骚扰时，许多人便纷纷举家迁入宁化石壁居住。在这个由客家先民领导的"自由王国"里，饱受流离颠沛之苦的中原汉人能够寻找到安宁的生存环境，他们将这颇具安全系数的"避风港"视为理想的栖息地，并以能够在石壁居住为骄傲与自豪。

正是由于黄连峒在巫罗俊及其子孙的开发、领导下所产生的重要历史地位，所以在巫罗俊身后的数百年间发生的几次大迁徙运动，中原和江淮汉人都以宁化一带为南迁的目的地。当时流传着"北有大槐树，南有石壁村"的说法，前后共有150多姓客家人在宁化石壁居住过。据史学家研究，台湾有600万客家人与石壁有关；世界上近一亿客家人中，大约有一半以上人的祖先曾在石壁留居过。英国教士艮贝尔在《客家源流与迁徙》一书中说："岭东之客家，十有八九皆称其祖先来自福建汀州府宁化石壁村……"因此，遍布五大洲的客家人都将宁化石壁称为"客家摇篮"、"客家的发祥地"、"客家南迁的中转站"、"客家祖地"。

因此，可以这样说：开疆始祖巫罗俊是奠定"客家摇篮"地位的奠基人，是客家人爱国爱乡、开拓创业、团结进取、敬祖睦宗的典范；是伟大的客家精神的化身。

当巫罗俊成为黄连峒领袖后，就定居在黄连峒竹条窝，这是个中心地，便于领导各方人民。此时的黄连峒，在巫罗俊的领导下，社会稳定，经济发展，教育文化事业兴旺，更兼处在历史上有名的"夜不闭户，路不拾遗"的"贞观之治"时期，使这里的人民安居乐业，过着幸福自由而富足的生活。

唐麟德元年（664）八月十一日，享年83岁的巫罗俊与世长辞了。黄连峒人民衷心爱戴的领袖悄然离开了人间，离开了他所亲所爱的土地和人民。客家先民失去了一位杰出的领袖，他们哀号连天，悲痛欲绝，为他们心目中的一代枭雄举行隆重的葬礼。出殡的那一天，灰蒙蒙的低云压着大地，似乎天公也为之动容垂泪，山川也为之呜咽哭泣。自发前来为巫罗俊送葬的人流，排成了长达数里的长龙。

唐高宗闻报巫罗俊西归，感念其剿平寇乱，开疆辟土，勋业彪炳，政德可嘉，特降旨在宁化县镇西天兴观竹条窝建"青州公祠"（俗称土地祠）。后来柴桂花和纪风华两人逝世后，巫罗俊和柴、纪二夫人的神像都塑在祠内。祠堂大门上悬挂着"平阳古族"的巨额，两边对联写着："黄连永镇千秋固，翠水长流一脉香。"每年春秋祭祀，由县知事亲临主祭。平时如有官员经过，文官下轿，武官下马，各须拜揖、鞠躬。宋朝相国公吉州文天祥曾为塑像撰文，赞美巫罗俊的万世不朽之功德。其文赞道："世以谱传，而不以像传，巫氏谱像，灿然，可历千百世而不替，子孙瞻前人之遗像，而不兴仰止之心者，未知有也。"

后来，县令王云拟改县治，要将巫罗俊的坟墓和公祠移走。嗣孙巫志荣叩诉闽王陈述巫罗俊开疆拓土之功绩，要求保护祖坟完整。经闽王准许，任择吉地易葬，因迁墓至清流县永德里嵩溪黄沙渡，祠迁小溪巫家山麓。

巫罗俊在宁化开基立业，繁衍后代，后来他的部分子孙陆续向外地迁徙发展。他的第十三世裔孙巫乾移居上杭县后又移永定县大溪，宋高宗时，巫大一郎携七子又迁居广东省韶关的曲江杨梅，为巫氏进入广东的始祖。后部分裔孙又迁移广东省兴宁、大埔、梅县、五华、龙川、和广西、江西、湖南等地。明清时代，巫罗俊的后裔又渡海峡参与台湾宝岛的开发，巫罗俊的神像就被子孙们请到台湾当了保护神。如今，在台湾风山市镇北里，也保留着一座"北辰宫"，俗称巫王爷庙，庙里有一对联写道："北山临福地巍巍庙貌昭千古，辰宿列中央赫赫神威护万民。"

如今，巫罗俊的后裔已衍播到世界各地，美国、英国、日本、加拿大、牙买加、越南、泰国、新加坡、马来西亚、菲律宾、澳大利亚等国和福建、江西、广东、广西、湖南、湖北、四川、陕西、山西、河南、河北、东北、北京、天津、山东、上海、江苏、浙江、安徽、云南、贵州、海南、香港、澳门、台湾等地，都有巫姓子孙在开基创业，逐渐形成了南方巫氏大家族。

巫家子孙继承了客家人勇于开拓、艰苦创业、奋斗进取、爱国爱乡、勤俭质朴、诚挚团结、敬祖睦宗的精神，在世界各地进行艰苦而伟大的创业。他们常感念祖先的功绩，因此于 1992 年 8 月 1 日集资动工修建"巫罗俊怀念堂"。经过 4 年的奋斗，于 1996 年 9 月 18 日竣工。这座仿古宫殿飞檐斗拱、龙凤彩画，气势雄伟，肃穆古朴，蔚为壮观。正殿安放着巫罗俊和柴、纪二夫人的塑像，可以让后代人时常瞻仰他们的风采。

开疆始祖巫罗俊的伟大创业精神，将永远激励着一代又一代客家人，去开拓新的世界、新的生活，也必将影响着中华儿女，为建设一个繁荣富强、高度文明、发达先进的强国而贡献力量！

1997 年 10 月 16 日第三届世界客属祭祖大典前夕完稿

注：为了更切合巫族历史，以上传记结合巫氏族谱作了部分修改。

开发始祖巫罗俊

名臣邹应龙

第一章　勤奋少年立壮志

盛夏的早晨，清爽的和风吹拂着闽西北泰宁县这个山清水秀的小城。

旭日的光辉将橙黄的色泽洒向城关水南一座破落的庭院，洒在双目失明的女主人江氏的脸上。江氏虽然衣着朴素，家境寒碜，但她的神态却是兴奋的，因为儿子邹徽就要添丁啦！瞧，接生婆也请来了，一家人正忙着为产妇做好准备，烧热水的将灶膛火烧的火旺火旺，找幼儿衣服的将衣柜翻了个底朝天。江氏虽然眼睛看不见，可耳朵聪灵着哩，心里亮堂着哩！

是啊，邹家的境况她心里明白，有一本账记着。自从丈夫邹俣过早去世后，邹徽三兄弟成为幼年丧父的苦命儿。自己寡居养子，说有多困难就有多困难。一个妇道人家，祖上又没有留下殷实的家资，仅靠做点女儿红工艺品换些银子买柴米油盐，哪能过上舒心的日子。自己日夜操劳，贫病交加，不幸双目失明，此后境况就显得更加悲惨了。但她并不感到悲哀，邹家是泰宁的名门望族，自己能成为邹家的人是一生的荣幸。

邹家原先可风光哩！邹勇夫是邹姓入闽始祖，光州固始人，官仆射，跟随王审知入闽开发祖国东南。当时南唐想吞并福建，闽赣边境重镇归化县（即今泰宁县）是战略要冲，景宗命邹勇夫前去镇守。当时归化社会动荡不安，土寇四处烧杀抢劫，民不聊生，饿殍遍野。"至则民户凋残道路榛塞，勇夫招集流亡，完葺宅舍，民稍稍越境来归。"（《十国春秋·列传》卷九十五）相传邹勇夫率军到达归化县时，全城烟火仅有百余家。邹勇夫率军荡平土寇，保境安民，使闽西北社会稳定，靖宁安康百业俱兴。随后他长期驻扎归化，爱民如子，深得地方民众爱戴，口碑极好。邹勇夫因军功显著，拜为威武军节度使。因他长居归化，爱上这里的丹山碧水，认为这地方钟灵毓秀，是个聚天地之精华，育民族之英才的好地方，便在这里安下家来，成为归化境内最有声望的一个家族。

多事之秋的时代过去之后，宋太祖这位马鞍上的皇帝深谙文驰武道，认为文化是一个民族，一个国家的灵魂，于是北宋以后一直倡导偃武修文，加强了科举制度的实行。邹家后代个个聪明好学，才思敏捷。在仕途上也风光一时，几十年间涌现出不少以道德文章名闻天下的人物。俗话说，风水轮流转。又说，三十年河东，三十年河西。这意思就是说一个家族不可能永远兴旺，总会由盛而衰，或由衰而盛。邹家显赫了几十年后，不知在冥冥之中得罪了哪路神仙、什么神灵，竟出现家道中落的局面。自从邹徽的曾祖父邹拓得过进士入仕后，就再也没有人有过功名了。没有了朝廷俸禄作家族的给养，只能靠耕读为业，微弱的收入如何维护一个大家族的经济命脉，经常入不敷出，显得捉襟见肘，备受世人冷落。到了邹徽幼年时，终年劳碌的父亲承受不了生活的重压过早地撒手人寰，抛下江氏和3个幼子，受尽人间苦楚。江氏寡居牵子，在百般艰难中抚养3个儿子成年。邹徽秉承先祖遗风，聪明好学，对诗词歌赋都挺精通，渐渐成为泰宁县小有名气的人。

但他依然与功名无缘，只好聚徒授业，教书育人。

可他生性好善乐施经常帮助有困难的人，尽管自家经济并不宽裕。这样一来，家庭的经济状况就更难以改变了。

江氏对家庭的经济状况是很清楚的，如今家中又要添丁进口了，免不了依照当地风俗要给邻里分红蛋、喜糖；要为媳妇坐月子、办满月酒等等，得有一笔数目不小的开支哩。但她心里却是喜滋滋的，邹徽还没有生过男孩子，按照民间推算法，媳妇这胎应是个男孩儿。不管是男是女总是邹家添一口人，喜事呗！"哇——哇——"一阵清亮的婴儿啼哭声，冲出庭院，传向山城。"奶奶，奶奶，生了个小弟弟啦！"早就候在产房打听消息的小孙女兴冲冲地跑来向奶奶报喜。"阿弥陀佛，神灵保佑，祖宗保佑，让邹家有个人中之龙。"江氏一边向上苍祈求祷告，一边从衣袋中摸出一个红布做的三角形护身符，向产房走去。她要让护身符保护这个孙子出人头地，将来登科入仕，光耀门楣。邹徽与母亲的心思一样，也盼望这个刚来到邹家的孩子将来能承担起中兴家道的重任，于是为儿子取名邹应龙，字景初（意为长大后应该成为人中之龙）。这天是南宋孝宗乾道七年（1172）的夏天，正如邹应龙的父亲与祖母所期待的那样，他承接着盛夏的火热之气象，将邹家的家运带进了一个如红日初升的时期，此后邹应龙中了状元，他的后代杰出人才层出不穷，当然这是后话了。邹应龙是独子，没有兄弟，但父亲对他并不溺爱，而是严加训导。年仅六七岁时，许多小孩还在母亲的怀中撒娇，有的甚至还在吃奶阶段，邹应龙已经开始接受正传的文化教育了。父亲是位儒生，为人师表教书育人，当然对自己的孩子要严格要求。小应龙除了要跟随父亲到学堂念书外，举止言谈也得以礼教为准绳，凡事都不能有违礼教。比如看书写字时，坐姿要端正，腰板要挺直；走路时步履要有规则，不紧不慢地踱着方步；说话时要中气充足，音量不高不低；高兴或气愤时要自我节制，不能开怀大笑或大喊大叫，以免失态，这样才能显示出儒雅的绅士风度。

真是"可怜天下父母心"，为了把孩子培养成符合礼教的、有修养有作为的人才，邹徽可说煞费心机。可他没有想到，这样一来，孩子的天真烂漫、活泼可爱的天性、童贞全被礼教冲刷得荡然无存，小应龙成了"龁齕如成人"的半老头般样子了，身上处处体现出庄重稳健的气度与形象。如与他一般大小的孩子叫他一起踢键玩，他会说："不能贪玩浪费时间哟，要多读书才是。"有的孩子叫他一道去郊外扑打蜻蜓喂养鸭子，他会诚恐诚惶地说："不可杀害生灵，罪过罪过。"那一脸老成气，那一种持重的神情，出现在一个不满十岁的孩子身上，让人觉得好可笑。但邹徽的心机没有白费，应龙从小形成的这种循规蹈矩、方直正派、处心简静、老成持重的个性，对他漫长的人生之路尤其是仕途上有着极大的裨益。少年时代的邹应龙勤奋学习是出了名的。由于家境贫寒，无法给他钱买书看。他就借来《春秋》、《左传》、《公羊传》、《穀梁传》等典籍，亲手抄录起来。这种认真刻苦的读书精神令乡邻们惊叹叫绝。还在他才六岁时，父亲和朋友们去春游，小应龙也跟去玩，看到父亲诵读刻在城西丹霞岩石壁上的爱国名相李纲的诗句，他便在一旁认真默记并且牢牢记在脑子里。十多岁时，有一次与学友们一道游玩风景秀丽的上青溪，见这里是人迹罕至的幽静之地，四周有大面积的原始次生林，林木蓊翳，鸟语花香；一条清粼粼的小溪蜿蜒流淌在绿色林莽之中，两岸丹霞岩壁千奇百怪，气势磅礴，真是个读书的好地方。于是他便选中一个较大的岩穴叫人凿了一千多级石阶，直通洞穴。这个洞穴在千仞岩壁的半腰间，通风好光线足，干燥清静，非常适合读书人潜心研读。他从家里带来了被子、干粮，住在岩穴里，一心扑在古代圣贤的书籍中，领略了不少经邦济世的大政方略、立身处世的精辟论述和创造文明的艺术真谛。

父亲很欣赏儿子的勤奋读书、钻研学问的精神，但又心疼儿子一人在荒郊外受苦，无奈自己要教书，不能前去陪儿子读书，就叫家人常到上青溪看应龙。端午节来临，孩子们都欢天喜地到河边看划龙舟、走亲戚送粽子，应龙却一心一意地在上青溪的岩穴中读书，连回家过节都不去。父亲叫人送了几串粽子给他吃，他道了声谢，又埋头读起书来。家人见他全神贯注地用功，就将粽子剥好，用一根筷子叉着，送到他手中。他头也不抬，右手接过粽子，嘴上说"谢谢！"双目依然盯着书本认真学习。家人将一碗糖放在他面前，叫他蘸着粽子吃。他依旧双目不离书本，举着粽子就往碗里蘸，一边吃还一边说："粽子好吃，好吃。"家人在一旁"扑"的一声笑起来，他好奇地问："你笑什么？""你自己瞧瞧。"家人拿起搁在书堆上的一面铜镜，托到他面前。他这才放下书本，往镜子里一瞧，自己也笑起来

名臣
邹应龙
mingchen zouyinglong

了。原来，他专心读书，随手举起粽子往碗里蘸去，却是蘸到墨台里的墨而不是碗里的糖，弄得满嘴巴黑乎乎的，样子挺滑稽的。邹应龙喝墨水的事传开来后，人们不但没有笑话他，而且还当作教育孩子的话题传为佳话，要孩子们学习邹应龙的勤奋精神，发奋攻读，求取功名。从此，邹应龙喝墨水的故事成了家喻户晓的民间故事，一直流传了下来。邹应龙中状元后，泰宁人为了纪念他刻苦读书、勤奋上进的精神，特意在上青溪这个岩穴旁刻上"状元岩"三个大字，此后这里成了人们游览的好地方，至今还是泰宁县金湖国家级风景名胜中有名的一处景观。不管是在学堂里、家里，还是在上青溪岩穴中，邹应龙都非常刻苦地读书。随着年龄的增长，他逐渐关心起天下大事，洞察世事的能力也越来越强了。半个世纪前，中国发生了一件令所有人感到耻辱的大事：徽宗和钦宗两位皇帝同时被金国掳去，成了让金人玩弄的傀儡。为什么会发生这样的事？还不是国家衰弱，朝纲不振？要做到不被人欺侮，首先自己国家要强大起来。国家要强大，首要的条件就是要造就大批优秀人才，用以治理国家，治理天下。那么，自己年轻时就要多学习一些治理国家的知识、本领，学得满腹经纶，还得树立忠君爱国的思想，将来才能建功立业，报效祖国。"乳燕啼鸠三月暮，淡云疏雨午时天。金罂花落无人管，断送韶光又一年。"（邹应龙诗《宝林寺有感》）他认为时光流水，不抓紧时间多学习，宝贵的时光就会白白断送掉。因此，他认真读书，学习成绩一直名列前茅。邹应龙少年立大志，对他一生有着极其重要的意义。俗话说，人若无志，猪狗不如。很难想象一个没有志向的人，他的一生会是怎样的黯淡无光？有幸的是：邹应龙成长的年代，是闽学发展最鼎盛时期。闽学鼻祖杨时载道南归，将河南二程（程颢、程颐）理学移到福建来发展。当时杨时讲学时，门下弟子多达千人以上，理学在福建得到广泛传播。杨时的得意门生罗从彦继承老师的事业，对理学继续研究；罗的学生李侗对理学也大加弘扬；李的学生朱熹成为理学集大成者，将理学研究推向全面的发展和提高，形成了一个完整的哲学体系。到了邹应龙成长的年代理学正形成一个"广大精微"的学术体系。因为理学四贤都是闽西北一带人，尤其是朱熹在建阳创建紫阳书院，聚徒授业，闽北成为当时全国学术文化的研究中心，多少名士、学者不远万里来到这里学习交流、讲学著述，一时名士云集，学庠林立，弦诵相闻。在这样的文化艺术大环境中，邹应龙可说受益良多，涵泳其中，学识才华自有一番精进，基础知识打得更牢固了。由于学习成绩优秀，十几岁的小应龙就一路通过了乡社书院的学童考、州县的童生考、学院秀才考等。

宋宁宗庆元元年（1195），省城侯官（即今福州）举行乡试。这年邹应龙已经24岁了，长得一表人才，温文尔雅，父母看在眼里，喜在心上，自然不会让他失去赴考的机会。但毕竟是他第一次出远门，母亲叶氏爱子情深，一遍又一遍地叮咛他一路小心，注意身体，早去早回；父亲则教他临考时心情放松，如在家乡参加考试时一样，不必紧张，这样才能保持头脑清醒，思路敏捷，考出好成绩来。邹应龙一一记在心上，背着包袱与同伴们上路了。途中经过一座高山时，听说山上有座大乾庙，庙里的菩萨相当灵验，大伙儿便说去进香求梦。当晚，他们住宿在庙里，邹应龙梦见满地铜钱，俯拾皆是。同伴们纷纷奔走抢着拾钱，而他拾了好久仅拾到25枚钱。一梦醒来，记忆犹新，他便将梦中情景告诉同伴。一位同伴侃侃而论："邵武解额二十六名，若更得一钱，便为压脚矣。"意思是说泰宁县隶属邵武军，本期乡试邵武军额定入解人数仅为 26 名，你才拾得 25 枚铜钱，真可惜如果能多拾一枚钱，就在 26 之列了，也就是能得中最后一名举人了。邹应龙听了微微一笑，不置可否，梦吗，本来就是很虚幻的东西，当不得真，只要自己有信心，有决心，认真参加考试，就会考好的。邹应龙在考试时心不慌，神不怠，认认真真做好文章。

果然，两个月后，乡试发榜，他高中第二。那位在大乾庙详梦的同伴闻讯赶到他家来祝贺，鼓舌如弹："景初兄，你考试居 25 人之上，这是天注定的，梦中神灵就已经为你点出来了。"邹应龙听了还是笑一笑，心想：像你这种翻手为云覆手为雨的说法谁去认真？学问是要靠真才实学做出来的，不是靠神灵帮助或保佑才会得到。

过去的读书人，考科举是走上仕途的唯一道路。省里乡试高中后才有资格参加京城的会试。邹应龙乡试高中后，第二年就要参加科举中最高级别的会试了。老师和同学们都很高兴，纷纷来到他家道贺送别。大家都夸他读书用功，才华横溢，一定会考取功名，入仕升官的。邹应龙感谢大家的好意，送走道别的人群后，便着手整理行装，第二天一早就要起程，带着春暖花开时节

名臣
邹应龙
mingchen zouyinglong

的好心情赴京应试。第二天一早，他吃过早饭，背起行囊兴冲冲就要出门，打开大门一看，愣住了，不知是哪个搞恶作剧，抬了一副棺材放在门口。原来，有位平时读书不用功的纨绔子弟，听到大家都夸邹应龙，心里不服气，想让他晦气，考不上功名，所以天没亮就叫人抬一副大红漆棺材放在他家门口。父母亲觉得今天儿子要出远门，一开门就碰上不吉利的事，还是不去京城好，等下一科再去考试。邹应龙却笑了笑说："考试是靠自己的才能和拼搏，不是靠什么好兆头才能得到功名的。您们放心，孩儿一定能考出好成绩的。"他毅然走出大门，满怀信心奔向前方。到了京师临安（今杭州），他又调整了一下自己的心态，做好应试的思想准备。考场是设在皇宫大内的集英殿，由皇帝亲自审定考题，亲自裁决录取名次，也就是通常说的"钦点"。这三年一届的殿试历来是被读书人看作最关键最紧张的时刻，朝廷也将它当作非常隆重的一项活动来看待，因为全国数以万计的举子中，仅有300人得中的新科进士才有这种机会参加殿试。这天早晨，举子们早早就要来到东华门外等候，时间到了，唱号搜身进殿，在大殿两侧庑廊对号入座，按分发的题目作文。

宁宗皇帝也通晓历史，出了道比较生僻的考题"谅阴不亲策"，取材于《论语·宪问》，"高宗谅阴，三年不言"。这段史实出在商代，说的是"武丁之治"的故事。武丁继承父皇（商二十二代国王小乙）皇位登上宝殿后，头三年因守孝，将朝政交给冢宰处置，自己毫不干预。三年守制期满后，高宗勤于政事，广开言路，招才纳贤，成了一代明君，开创了"殷道复兴"的新局面。按理说参加会试的举子都是饱学之人，可对这段冷僻的史实也有许多人不知道，所以举着笔干着急，最后只好望文生义胡乱凑一篇交差。邹应龙一看到考题，紧张的心情就松弛了，那段史实他早已烂熟在胸，皇上出这道题意在阐发孝治之理。题意显现，借题发挥，文章自然切题。加上他才华出众，一篇锦绣文章让考官们拍案叫绝，入选一甲三魁之内，呈上御览。宁宗看了前三名的试卷，觉得邹应龙的文章与山阴莫子纯的文章可以媲美，但莫子纯是以现任官员的身份参加考试，不如邹应龙正科举人的身份高，于是皇帝朱笔钦点邹应龙为新科状元。邹应龙高中状元，天下皆知，在京城皇帝赐宴、大臣邀请，还身穿红袍跑马游街让老百姓认识新状元的容貌。而后回到故里拜谢祖宗和亲人。邹应龙特地找那位抬棺材到家门口的同学致谢，同学见他中了状元，生怕他来找自己算账，吓得躲起来。邹应龙来到同学家，不但没有一句怨言，还一迭声地道谢："棺材棺材，升官发财，我这次进京赶考中了状元，是你给了个好彩头咧！我只有感谢你的份儿，哪会生气。"说得那位同学无地自容，脸一阵红一阵白，恨不得地下马上裂开一条缝钻进去。县衙里的大小官员、往日的老师同学和七大姑八大姨们都来庆贺，那个会圆梦的同伴也来了，对邹应龙说："状元公啊，你在大乾庙梦见捡钱，钱上不都有个元字吗，预示着你会中状元。还有你梦见捡到25枚钱，这不正应了你今年25岁中状元吗。这梦好灵验哟！"邹应龙笑了一笑，心想：这不都是你编出来的好听话？当初说要多捡一枚钱才会中举，见我中了举就改口说应在25名之列，如今又说钱上有元字，预示着会中状元。反正你说圆就是圆，说扁就是扁，不把这当一回事。

祖母江氏和母亲叶氏却很相信祖宗和神灵，认为应龙能中状元，是祖宗有灵，是神灵保佑，备了礼品到上青溪邹应龙读书的岩穴拜谢当地神灵。后来人们还在岩穴旁凿上"状元岩"三个大字，以作纪念。

第二章 威镇海疆振朝纲

邹应龙中了状元后，并没有走马上任当什么大官，第一任职务仅是秘书省下属崇文院的图书管理员，只能算不上"品"的官吏。不久后，他被外放到南安军（今江西大余县）当地方行政长官。

此后十几年间，他忠君勤政，不管是任资善堂"小学教授"、"直学士侍讲"，还是晋升为"起居舍人"，都兢兢业业，勤勤恳恳，政绩显著，得到朝中大臣的一致赞扬和朝廷的肯定。

1207 年，邹应龙升为江南西路提点刑狱；后奉召回京任"中书舍人"、"太子詹事"；不久又代理吏部侍郎兼门下省要职"给事中"。

名臣
邹应龙
mingchen zouyinglong

这时，掌握朝政大权的是右丞相兼枢密使史弥远。此人刚愎自用，听不进别人的劝说，极力排斥主张抗金的官员，权势日盛。

史弥远本来与邹应龙是同僚好友，以前政治观点也基本相同。但当史弥远权倾朝野后，两人的政治观点就大相径庭了。

史弥远推行误国的政治主张，邹应龙看在眼里，急在心上，多次向他提出忠告，但都没有被他接受。

1209年，史弥远又要强制推行一项错误的决策，邹应龙再也忍不住了，顾不得与史弥远的十多年同僚的交情，以天下为先，以社稷为重，毅然行使给事中的"封驳"特权，将得到皇帝御览并批示过的诏令原封不动退还朝廷。这样一来，朝廷只能按律法规定收回成命，使这项即将造成严重危害国家利益的错误决定不能得到颁布执行。

史弥远没有料到邹应龙会来这么大胆的一招，气得一佛升天，二佛出世，暴跳如雷却又无可奈何。但他是个报复性很强的人，容不得与他意见相左之人，更何况还是将皇上批示过的重大决策性文件给"封驳"了的人。于是，他就找了个理由，将邹应龙贬出京城，以宝

名臣邹应龙

文阁待制的官衔，去泉州任知府。

泉州是东南沿海重镇，位于福建路东南隅，东临大海，水路交通十分方便。唐朝时的中国是个非常强盛的国家，与各国交往频繁，东南亚国家一般沿着海岸线进入中国，首先选择泉州作为登陆的口岸，因此船艘往返频繁。五代闽王王审知继续维护了福建的经济与文化繁荣，其侄王延彬镇守泉州达 26 年之久，大力发展海外贸易，泉州自然成为通航海上的重要港口。王延彬因对泉州的经济发展做出巨大贡献，故而有"招宝侍郎"的美称。

南宋在临安（今杭州）建立小朝廷后，国家的经济中心转移到南方，闽浙一带出现了经济、文化相当繁荣、发展的新局面。福建户口增长之快，出现数百年未见的景象，经济、文化等都进入一个鼎盛时期，尤其是海上贸易蓬勃发展。而位于泉州的后渚深水良港成了东南亚和西方各国与中国往来的重要港口，被称为"海上丝绸之路"。

由于海上交通方便，中外商贾云集，波斯、吕宋、大马、暹罗、琉球，甚至远涉重洋而来的荷兰、法兰西、英吉利等等欧洲各国、各种肤色的商人都在泉州街面出现，构成了一道特殊的风景线。

按理说，商潮汹涌澎湃，经济高度发达，可要把南宋小皇帝乐开了怀。新朝廷初建，财源肯定紧张，泉州的经济快速发展，正可以为朝廷多做贡献，多交些税赋。可是，谁能想到，实际情况恰恰相反，朝廷能从泉州地方官那里收到的税赋微乎其微。

这是什么原因呢？

原来，宋太祖建立大宋朝廷后，感念跟随自己南征北战、出生入死的部下，广施恩泽，为各位功臣封疆。泉州就是太祖封赐给同姓有功之臣多宝郡王赵彪的祖父管辖的海疆。

封建时代封侯进爵之后，可以世袭三代。到了多宝郡王赵彪时，他怕儿子辈按律法不能继承爵位，将失去在泉州独霸一方的势力，便使出解数，上闯下跳寻找关系，终于巴结上权倾朝野的宰相史弥远，走通了这条能通天的内线，让儿子得到一个最令人眼红的"海泊司"要职。

此后赵家更是独霸一方，呼风唤雨，势力不断扩展，真有些"天高皇帝远"的境况，连地方官都不放在眼里。

名臣邹应龙

赵家还自行制定了许多盘剥百姓的税赋，害得老百姓和商贾生活难以为继，许多店铺关门大吉，繁荣的经济局面不复存在。这样一来，每年征筹贡税就有困难了，朝廷催贡频频，地方官无可奈何，逼管知府只好挂冠而逃。

消息传到京城，惯于坐享渔利的史弥远慌张起来，再这样下去，你这"地头蛇"岂不无法无天了？连官府派去的"强龙"都不放在眼里，像话吗？朝廷的贡赋收不上来，朝中经济不能稳定，他这宰相的位子可就坐不安稳了。于是，他想出一计，把与自己有不同政见的同僚邹应龙派往泉州，想以这条"强龙"去制服"地头蛇"。因为邹应龙的才干他是深知的，只有这样才能的人才可以管理好泉州这个东南重镇，为朝廷创造更多的税赋。

邹应龙领命出任泉州知府，当然知道史弥远的用意所在。他也乐意为福建家乡的民众谋利，为振兴帛州府的经济尽一片心，献一份力。

他对泉州的情况已经做过一番了解，知道横行泉州府的多宝郡王赵彪是享受爵位的最后一代，他的儿子已算不上是郡王了。但王爷家族毕竟还是有王爷的气派，地方势力大，泉州港仍然是他家的天下。

近年多宝郡王过了古稀之年，已昏庸无能，但总不至于太糊涂，与朝中权贵史弥远的关系万万断不得，逢年过节送厚礼都是自己亲自督办。

这老王爷还有一癖好，他一生喜爱美女，妻妾成群，老婆不下二三十人，单儿子就生了90多个。也合该多宝郡王赵彪家道要衰弱了，90多个儿子中，没几个有大丈夫男子汉气概的，大多数都是碌碌无为之辈，或身残或志残，唯有十三子赵葆与众不同，生得方脸大耳，气度不凡，喜得老郡王眉开眼笑，常将此子比作"龙子"，将赵府的家运和希望全寄托在赵葆身上。

赵葆对老郡王敛财的秘诀心领神会，当上海泊司主事后，从海上管到集市，从关税收到田赋，凡是那些最有油水的收税工作都由他"通吃"了，别的部门无法插手。

赵葆精明得很，他知道干这行收益最大，眼红的人肯定也多，需要一些镇得住地方官的手段。于是他招募了一批兵员来征收税赋，这些人都是风口浪尖讨饭吃的家伙，不是海盗就是惯匪；地痞、无赖、淫棍也与他们串通一气，形成了一个独霸一方的局面，就是地方官员见了他们也要惧怕三分。如果是本地人或闽南人当知府情况略好一点，要是外地人派到泉州任知府，那日子可就不好过了，衙门要办什么大事，首先得征求赵王府的意见，否则就会一事无成。

至于海泊司的权限之大，府衙里的人当然清楚，因为他们是"财神爷"，府银全在他们手里攥着。

早些年，赵彪王爷还不敢太明目张胆地敛财，每年课税收入分配按照规矩分成三股：第一股是贡银，第二股是贿银，第三股（即余下的所有银两）全入多宝王爷私库。

后来由赵葆当权，其贪心更胜乃父，全年收入先入私库，然后才稍微拿出一些银两纳贡行贿。

宰相史弥远对泉州赵王爷的所作所为也知道，数次劝他不可太过分而不明利害所在。

赵王爷也有点心虚，叫儿子注意点影响。

赵葆听了哈哈大笑，说："赵宋王朝，赵宋王朝，不就是咱赵家的王朝吗？您没看见徽、钦二帝蒙难，被关在北国的井底，而临安却是一派歌舞升平的繁华景象。这说明了什么呢？哼，我是不想当那个烦人的皇帝，否则，咱这泉州才是真正的'南宋'哩！"赵王爷听了，不但没有责怪儿子太狂妄自大，反而觉得他说的有道理，从此赵葆就更加肆无忌惮了。

邹应龙从京城被派来泉州当知府的消息，赵王爷父子提前就知道。史弥远告诉他们：邹应龙是位不可等闲视之的人物，文武双全，练达百事，但又是自己派去的人，只要搞好关系，以礼相待，还是能共事的。这意思再明白不过了，史宰相就是要搞"和稀泥"，调和、平衡一下。

赵海司揣摸出上方的意图，为迎接新知府，给他准备了一顶极具档次的帽子：强行向百姓征集百亩良田，又借此机会向商贾筹集巨资，建造了一座气势宏伟的新府衙。府前辟了一个巨大的演兵场，府后建起宽大的宅第作为官眷住所。赵海司想：这顶花花帽子让你戴着，你怎样施政也都在我的掌握之中。

邹应龙从京城出发时已是小寒节令，他不带车马随从，仅带堂侄邹山同行。

他们先绕道泰宁看望亲人，再简装微服进入泉州。进城的那天已是大年三十，因当地惯例这天家庭旅馆全都歇业了，差点找不到住宿的地方。幸好有一家波斯人开的旅馆，没有沿袭中国人的习惯，继续营业。邹应龙

名臣邹应龙

叔侄便向女老板要了间房子，先住下了。

邹应龙此番微服而来，目的就是要多了解民间疾苦，住进波斯女开的馆店，正中下怀。原来这店里的房客五花八门，有番客、商贾、贩夫，还有各国船只上的水手以及江湖艺人等，人员杂新闻也多，却正是打听各种消息的好地方。

大年三十这一天也是伊斯兰教的开宗大节，教徒们拿出从他们家乡带来的葡萄酒请邹应龙喝，又摆出牛羊肉让大家吃。

席间海阔天空闲聊，聊着聊着便扯起了多宝郡王，有人破口大骂他是吃肉不吐骨头的豺狼，一手遮天，贪得无厌；有人大骂海泊司赵葆像条大毒蛇，快要吸干泉州人民的血了。

这时，只听一个商人愤愤地说："新知府邹应龙大概也不是好东西，人未到任，却要摆阔，建造了一座那么大的府衙，占用多少百姓的良田，敲诈我们多少血汗钱。"

邹山听了想跳起来反驳那人，邹应龙拉了一下他的手，暗示他不可暴露身份，且听更多的消息。

果然，大家七嘴八舌谈了如今生意不好做以及多如牛毛的捐税等话题，使邹应龙深切感到自己责任重大，泉州之行不可避免要有一场惊心动魄的争斗。

趁着春节的浓浓喜庆气氛，邹应龙白天详细观察泉州的地理环境和城防设施，了解当地的民情风俗；晚上，他在烛光下修订各项原定的施政方略。一晃十天过去了，对泉州的情况大体上了解得差不多了，邹应龙才悄悄地又有些突然袭击意味地与管府衙的海泊司赵葆会见，立即收回关防印信。

这一招使赵葆有些慌了，难道新知府要动真格的？连赵府为他摆的接风洗尘宴会都再三推掉。

还是多宝郡王老到，知道邹应龙这样做大概是为了掩人耳目。

过了几天，邹应龙派邹山到赵府向王爷和海泊司问安来了，并说元宵节那天知府要在新府衙放花灯，与民同乐。

赵葆一听乐了："还是老爸有远见，他果然是做做样子给人看，在泉州你离得了我赵王府吗？"于是满口应承，保证新府衙在元宵节前交付使用，请知府放心。

转眼间就到了元宵节了，这是个大节日，尤其在泉州，大放花灯是历史有名的。今年新任知府要与民同乐，自然是新鲜事一桩，人们正要见识见识这位新来的知府到底是哪一路货色，是个清官还是个糊涂虫？元宵节这一天，新府衙前的广场上搭起一长溜平台，摆上许多桌酒席，由知府宴请大小官员。

广场上万盏彩灯，在夜色中流光溢彩。民间舞蹈盘龙舞狮，南音曲调悠扬动听，真是万人空巷，热闹极了。

当邹应龙登上平台观礼时，一阵震耳欲聋的火铳礼炮声响起，人们纷纷举目望去，但见一位身穿皂衣软敝，足蹬薄底快靴，频频向民众拱手致意的中年人，面带微笑，诚实可敬。人们感到有些惊讶，如此亲善之人，压得住赵王府这条"地头蛇"吗？

再看那多宝郡王，风烛残年却花心不灭，一群美丽如天仙的侍女扶着他登上平台，一双眼睛滴溜溜四处转。当看到三位艳丽的波斯姑娘舞剑时，老王爷竟离席趋前喝彩，引起许多人取笑：真是老不死的，还花心哩！

老王爷听到有人讥笑，正想发作，邹应龙忙出面打圆场："今日与民同乐，当尽兴尽欢尽醉。这几位波斯姑娘剑术高超，招招柔中有刚，刚中有柔，刚柔相济，甚为精湛，看得本官也心动手痒，想练几招与诸公助兴。"大小官员一听文状元出身的新知府要献剑术助兴，大感惊奇，一迭声叫起好来。

邹应龙原本就是将门之后，从邹勇夫拜威武军节度使始，邹家练武之风便不曾断过，代代人都身怀武术，强身保境，因而邹应龙也颇通武术之道。

这时，只见他脱下长衫，露出一身武生打扮，精壮的身躯透出一股阳刚之气。他走到三位波斯姑娘面前拱手道："本官受你们精妙剑法的激励，也来献丑了。"

说罢，手握长剑，亮出招式，缓缓起舞，边舞边唱起歌来。

众人一听这歌词，面面相觑。

这是为什么？原来他唱的是岳飞的《满江红》。

岳飞当年满怀壮志要收复失去的河山，因此词句写得慷慨激昂，很能激励人们的斗志。但自从他屈死风波亭后，他的这首曲子就被禁唱了。虽然后来岳飞屈死的真相大白，奸相秦桧遗恶万年，岳飞得到平反昭雪，可人们心有余悸，还是不敢传唱《满江红》这首曲子。人们心中对岳飞这位爱国将领怀着无比的敬爱，但由于朝廷实行的高压政策，只能将怀念深深埋在心中。

185

今天，突然在这种大场面上听到朝廷官员唱起《满江红》，不觉心情激荡，抑制不住的一股情感喷发而出。先是全场惊愕、肃静，继而应声和唱，渐渐歌声如潮，震撼天地。

这种激动人心的场面使在座的官员们大感欣慰，他们知道这位新知府能勇敢地打破沉寂，冲破各种思想束缚，举起正义的旗帜，肯定能够在执政中激浊扬清，革除弊端，重振泉州繁荣之雄风。

但赵王父子却隐隐感到，这位新知府深不可测，他到底是在演戏给民众看，还是真的是一只猛虎。可俗话说得好：猛虎不敌地头蛇。你再有能耐，但若没有我赵府的支持，谅你也会像秋后的蚂蚱，蹦跶不了几天的。咱们骑驴看唱本，走着瞧。

自元宵节邹应龙亮相后，给泉州人民留下了一个好印象，大家觉得他应该是一位好官。

果然，没过几天，知府出了告示：凡是有冤有仇的人可以向新知府递状纸。

此消息如春风乍起，一夜之间传遍了泉州全府的大小角落，人们奔走相告，纷纷到新府衙告状。

不多久，状纸接到近千件，邹应龙粗略归纳了一下，十有八九是告赵王府作恶多端的罪状。

邹应龙不动声色，一味地收状纸，却不处理一件有关赵府的案情，只捡那些与赵府无关的办理一下。这样一来，老百姓渐渐对新知府失去信心，认为他肯定与赵王爷是一丘之貉，于是告状的人就越来越少了。

多宝王爷父子一直在注视着邹应龙的一举一动，见几个月来也不曾审理一桩与赵府有关的案件，认定他是在庇护自己，还是史弥远宰相的同僚好哇，这下可以放心了。

当然，人家有意在帮忙，咱赵府也得给他一些方便才对。于是，邹应龙提出办学堂、招募新军防守海疆等计划，赵府样样支持，计划也得到顺利实施。

这样的局面多宝郡王满意，邹应龙满意，史弥远更是满意，这本来就是他的初衷，只要赵王府有所收敛，邹应龙能够打开局面就行，至于有多少建树，那不是最要紧的事。

史弥远一年收到不少赵王府的金银宝贝，这钱窟子是万万不能轻易毁掉的。

难道邹应龙真的就是孬种吗？不！他刚到泉州，立足未稳，羽毛未丰，赵府势力庞大，先还得借风驶船一

名臣邹应龙

下。

他表面上不动声色，暗地里派邹山收集赵府的罪状。

在施政方面，他提出许多有利市场繁荣的计划方案，减轻一些税赋，事先也都与赵府通气，软硬兼施，表面看是尊重赵府，实际上是逼他就范，因此泉州市场渐渐繁荣起来，税赋也不断增加。税赋一增加，赵府从中捞到的油水也多了起来，因而赵府对邹应龙的施政方略持赞同态度，也放松了警惕。

麻痹了对手之后，邹应龙对赵府的桩桩罪恶的取证工作顺利进行。

赵府可说是罪恶累累，霸占百姓财产、强抢民女、逼良为娼、敲诈勒索甚至草菅人命；更为令人气愤的是，控制了地方税源，从中大饱私囊不说，海泊司赵葆还趾高气扬，傲视同僚，几任知府都被逼得挂冠而逃。

这泉州不成了他赵府的天下了吗？

又快到年关了，泉州民众对邹应龙一年来的政绩毁誉参半。当然人们不知道他的真正意图，没有惩治赵府似乎是失败的一笔，但对兴学、兴商、兴农、整固海防等政绩却是有目共睹的。

正当人们对邹应龙评价不一的时候，一件惊天动地的事情发生了。

　　赵葆强抢民女，并滥杀无辜，被邹山巡街时当场捕获。

　　这是一条导火索，邹应龙趁机而入，将赵葆押入大牢，并立即把一年来明察暗访搜集的赵府罪状报上朝廷。

　　史弥远几乎是同时收到邹应龙和赵府的报告，他惊叹邹应龙的施政能力，在短短一年之内，竟能将一个市场萧条的泉州治理得井井有条。但赵府历来对自己贡献不少，也得尽力替他遮掩一番。此事非同小可，自己要亲自出马解决这件事，否则，后患无穷。于是，史弥远从杭州下船直抵泉州后渚港登岸，一路上也无心欣赏海上风光，匆匆赶到知府衙门询问案情。

　　邹应龙早有思想准备，他摆出赵府铁证，并列举铲除地方恶势力的十大好处，那是稳定社会、繁荣发展、利国利民的大善事。

　　史弥远当然也会权衡轻重，如果让地方势力把持局面，中央财政失控，那他这个宰相的日子就不好过了。况且，即使他想包庇赵府，邹应龙也会继续向上反映的，将这个万民共愤的海泊司绳之以法的。弄不好自己还要担个包庇地方恶势力的罪名，那可就要吃不了兜着走。邹应龙与赵王府，哪头重哪头轻，他心中明白着哩！

又到了元宵节，新府衙前广场上依然万头攒动，人山人海，但不是去年的彩灯高挂，笙管齐鸣。知府邹应龙今天要在这里召开公审大会，当朝宰相史弥远亲自监审，会场庄严而肃穆，人们都想看一看几代人横行霸道的赵府有个怎样的下场。

平时作威作福的海泊司赵葆被押上审判台，七老八十的多宝郡王也被传唤到审判台。

面对一个个眼睛充血的证人，面对一桩桩血泪斑斑的案件，赵王府无法抵赖，供认不讳，一一画了押。依照所犯罪状，判处罪大恶极的赵葆斩立决，赵府财物收归国库，多宝郡王因年纪过大，免于刑罚，流放民间，后因发癫疯暴死街头。

赵葆一案大快人心，从此那些地痞再也不敢欺行霸市，王亲国戚也都遵守法纪，因此商贸之风更盛，欧洲、中东、东南亚各国商人纷纷经过水路前来大宋经商，泉州形成了有名的"海上丝绸之路"。

名臣
mingchen zouyinglong
邹应龙

泉州的经济有了长足的发展，商税随之大增，此时，邹应龙将目光注视着未来泉州的发展。泉州是个海滨城市，军事防御功能较弱，一旦有外敌从海上进攻，现有单薄的城墙难以抵挡强大的攻势，因此必须早做准备。邹应龙上报朝廷恩准，动用部分贡赋税银广修郡城，使泉州城固若金汤。

接着，他又主持新建了明伦议道堂、六经阁等馆舍学堂，大力培养人才。

泉州城内街巷纵横，楼房林立，难得有几多绿树鲜花。他又号召军民广植刺桐，将个泉州城装扮得绿树婆娑，碧色连天，因此，泉州被人称为"刺桐城"。

春天到了，一连下了好几天雨，大小沟河的水位提高了许多。

邹应龙不放心，便与邹山微服查看城里的交通状况。

他们来到城南，见德济门外一条横贯东西的大江，江面宽阔，水势汹涌，江面没有桥，南岸民众要进城都得靠舟楫摆渡，来往相当不便。若逢连日暴雨，两岸交通便中断了。

邹应龙看在眼里，想在心上，嘉定四年，他终于筹集到一笔经费，开始在这条名叫笋江的大河上建造大石桥了。

他组织当地工匠，天天开山凿石，修建了一座长500多米、宽5米的石桥。因地处顺济宫外，便取名"顺济桥"，当地人俗称新桥。

有了这座桥，不但两岸交通得到极大的改善，而且下通两粤，上达江浙，成了重要的交通要道。

这座跨江巨虹历经800年风雨，至今依然巍巍屹立在笋江之上，发挥着它应有的作用。

经过邹应龙几年的精心整治，泉州变成了一座社会安定、经济繁荣、商贾云集、市容整洁、绿树花香的滨海花园城市。

"闽海云霞绕刺桐，往年城廓为谁封；鹧鸪啼困悲往事，豆蔻香消减旧容。"这是宋代诗人吕造描写初夏时节泉州城鲜花怒放景色优美的诗句，形象地将当时的艳丽景色烘托出来。

泉州经济发达，军事巩固，社会稳定，文化发展，成为东南名城。邹应龙的丰功伟绩久久流传在民间；邹应龙的崇高形象也深深地印在了广大人民心中。

第三章　义薄云天抚边庭

宋嘉定九年（1216），也是南宋的多事之秋，北边有金国陈兵边界，对宋室仅剩下的半壁江山虎视眈眈；西面有蒙古国的强悍之旅不时掠边，虏我平民，杀人越货；而西南边陲也不靖宁，经常有少数民族暴动的急报传来。

宁宗皇帝为此深感忧虑，终日愁眉苦脸，茶饭不思。这一天，他来到御花园，虽然满园姹紫嫣红，却激发不了他的观赏兴趣。

他走着走着，来到一处水池畔，池中有一群红鲤鱼在悠哉游哉地摇头摆尾。他注视良久，发出一声浩叹："寡人贵为天子，拥有天下，却无法如鱼儿般自由自在

名臣邹应龙

193

地生活。"

突然，池中啪地一声响，一条红鲤鱼跃出水面，冲至离水面二尺高左右，画出一道美丽的弧线，而后又没入水中。

"鲤鱼跃上龙门，即成龙也。"民间《鲤鱼跃龙门》的美丽传说引发宁宗皇帝又一番感叹："唉，想我太祖'陈桥兵变'以来，我赵家也是鲤鱼跃上了龙门，得到了天下。可是，后来却一代不如一代，甚至出现了徽、钦二帝被金国掳去的奇耻大辱。至今，大宋江山仅剩下半壁，寡人也只有偷安江南，朝中有多少臣子能为寡人分忧呀？"

想到这里，宁宗皇帝又记起昨日西南边报，说是广西僮民啸聚起乱的苗头已现，请朝廷早做准备，一俟起乱爆发，即可以重兵剿之云云。一想到这些就头疼，杀、杀、杀，何时是了局？总不能将少数民族全杀光了吧？

可是，该发生的总会发生，这大概是避不过的灾难，有谁能够巧妙化解这些民族矛盾，使之相安无事，天下太平呢？

"启禀皇上，有焕章阁直学士邹应龙在午门外要求晋见。"一位公公的禀报，打断了宁宗皇帝的沉思。

"邹应龙！"宁宗听到公公的话后，一个劲地点着头。他知道：前几年派邹应龙出任福建泉州知府，不出3年，他竟将一个滨海地区治理得繁荣昌盛，成为与海外通商的重要口岸，有"海上丝绸之路"的美称。看来只有这位爱卿能够为寡人分担忧愁了。

"皇上，到底见他不见？"公公见皇上只是一个劲地点头，却不开口说话，好生奇怪，就追问了一句。

"快宣他到御花园来，怎能不见！"宁宗皇帝一扫眉宇间的愁云，顺手摘了一朵兰花轻轻地挥着，嘴上哼起了曲牌《江头金桂》的调子。

忽然，身后响起一阵脚步声，宁宗皇帝车转身子，见邹应龙已拜服地上，口呼"万岁"。宁宗急忙摆了摆手，并指着身边的石凳说："爱卿平身，快坐。"

接着，邹应龙开始禀报了去年他出任池州知府时，发现江南东路原本是个农桑和手工业、制造业开发较早的地方，却因宋金两国交兵，这一带变成战场，近时又屡遭金兵蹂躏，田园荒芜，生产力受到相当严重的破坏，变成赤地千里的不毛之地。他现在虽然不是池州知府了，但根据当地现状，向朝廷提出几条施政方略，大

名臣邹应龙

意是爱护民力，以军队来保卫农业生产，尤其重要的是保卫秋收，使当地民众获得足够的粮食，从根本上解除灾荒的威胁等等，呈请皇上御览。

宁宗皇帝看着他的奏章，脸上露出满意的笑容，不住地点起头来。"邹爱卿，你的施政方略很好，很有远见。如今，西南边陲常有少数民族造反，对此你有何看法？"

邹应龙见皇上问及边事，便不慌不忙地禀告："皇上，俗话说，'民以食为天'，边民屡屡造反，皆因地方贫困，终年无法温饱，加上地方官吏没有体恤他们，依然强征暴敛，使得他们长期处在生死线上，故有造反之举。以微臣之见，安抚为上，剿灭为次，恩威并施，定能使边陲日渐安宁。"

宁宗皇帝听后，高兴地用手掌击拍石桌，连声叫好："好，好，少数民族亦是寡人之子民，应当一视同仁，应恩威并施。邹爱卿真乃国家栋梁也。今授汝为广南西路经略安抚使兼静安知府，总管一省兵民政务。"

邹应龙急忙拜谢皇恩，即日起程赶赴广南西路上任。

广南西路是南宋较边远的一个省份，也是很落后的地方。这个地区包括今天的广西、贵州、海南三省及广东西南和云南东部一带。虽然地方范围广阔，却人烟稀少，土地贫瘠。由于这里的居民大多数是壮、黎、侗、苗、土家等多个少数民族，属于尚未开化的地方，生产技术相当落后，人们还过着聚集山林、刀耕火种、茹毛饮血的蛮荒生活。另外，古代流传下来的大汉族主义使历任地方官将少数民族当作化外蛮番，最流行的叫法就是称他们为"番仔"。"番仔"的隐义便是"你小不拉几的民族算什么？"而且还有更深一层的贬义：这些没有教化的人。因此，历来地方官僚都对他们肆意盘剥欺凌。

俗话说，官逼民反，民不得不反。这些少数民族本来生活就贫困，加上多如牛毛的徭赋，更是雪上加霜。他们无法生活下去，只好铤而走险，群聚为盗。到了这个程度，被逼良为盗的山民也就无所顾忌，个个成了亡命之徒，每次攻州夺县，都是势不可当，官府是防不胜防，也屡剿不靖。

邹应龙领旨前来广南西路，刚刚走马上任，还来不及巡视一番，体察一下民情，海南便发生了黎族民众的暴动。快马星夜报来，邹应龙深感此次平乱的意义重大：自己刚到任，多少地方官的眼睛盯着自己的脊梁骨，处理好海南的"黎患"与否，将关系到今后施政的顺利与否。这个多民族的地区，最关键的问题就是要处理好民族矛盾，化敌对意识为友好和睦的民族兄弟之情谊，才能从根本上解决历史问题。

于是，邹应龙星夜催舟进发，赶到海南。

海南黎族部落酋长探知军情，知道是新任地方行政最高长官——广南西路经略安抚使邹应龙领军前来，估计又有一场血腥的镇压，因此严加布防，命令部落里的男人全部上阵，人不解甲，马不卸鞍。从以往的经验看，每次黎民造反，朝廷领军来镇压的将军都是杀人的魔王，不杀个尸横遍野、血流成河是不会罢手的。他们割下成千上万个首级向朝廷邀功请赏，却给千万个家庭造成无法弥补的灾难与痛苦。因此，这次由地方最高行政长官领兵平乱，他们能躲过又一场浩劫吗？

当全山寨人提心吊胆地过日子的时候，该发生的灾难却迟迟没有发生。黎族酋长疑惑不解，认为邹应龙可能会实施更大的军事行动，目前只是布下疑阵而已。因为这位名叫阿骨泰的黎族部落酋长精于经商，前几年常常运送海南的各种珍宝如五指山上出产的山珍、大海之中捕获的海马、海星、深水海蛇等药材，到泉州与海外和内地商人交易。那次邹应龙审判多宝郡王的动人场面，他记忆犹新。他当然不知道南宋朝廷中的许多事情，也不可能知道邹应龙在朝中的表现。但他仅从泉州见过邹应龙审多宝郡王一事中，也能感觉到这是一位好官。这次由邹应龙领军前来海南，他虽然做了最坏的打算，可心中也隐隐约约存在一丝希望，希望这位好官能给黎族百姓带来生活的希望，而不是带来更多的灾难和痛苦。因此，他派出多路探马，想尽可能详细打听到宋军动静。

连日来，阿骨泰酋长食不甘味，眠不安枕，在忐忑不安中过了五天，邹应龙却还没有对黎族山寨下手。倒是探马不断报来，邹应龙在城里出了告示：罢免了那个平时对黎族人民最凶狠毒辣的知县。接着，探马又送来新发布的条令：减免十项地方税赋，并特别优惠黎族人民，凡是山上采集的竹笋、香菇、红菇、金栗，捕猎的野生动物及自产自销的黄花菜等山珍，一律免征特产税。

新发布的条令中还有一项最令阿骨泰感到心动的是：政府鼓励农民垦荒造田，凡开垦出一亩田地者，可由当地县衙补助银子十两。别小看这区区十两银子，可是黎族人民半年的家庭开支哟。条令还规定：黎族人民如发展新的生产技术，想种水稻五谷的，想种桑养蚕纺纱织布的，皆由县衙派出技术人员指导。

阿骨泰酋长心里有底了，这位经略安抚使不是黎族人民的大敌，而是大恩人。他真正是为黎族人民的利益着想，从根本上消除黎族民众的贫困因素，大力发展农桑、垦殖，优抚少数民族。这真是千载难逢的好机遇，这真是百年难遇到的一位好官哪！我们没有理由再与朝廷相抗，再说历史以来与朝廷相抗的结局都是以失败告终。我们黎族百姓也是善良的人，我们只要能安居乐业，生活温饱，谁不希望过上太平日子？古话说得好：宁当太平犬，不为乱世人。哪个人没有家眷，谁又喜欢让家中的男人流血牺牲。何不趁此机会，向朝廷俯首称臣，岁岁进贡，可保山寨长治久安，可保黎族民众百世兴旺，日益繁荣发展。

阿骨泰酋长正这般思考的时候，邹应龙派人送来了书信。

阿骨泰走南闯北经商，当然懂得汉语。他接过书信一看，不禁喜上眉梢，果然不出所料，邹应龙不动兵刃，而是安抚开导，要他以全体黎族百姓为重，发展农桑，引进技术，传播文化，力争使黎族人民早日摆脱贫困，走上富裕之路。如阿骨泰酋长愿意，请到行营一叙云云。

阿骨泰酋长立即准备动身前去晋见邹应龙，可寨里的其他首领有些担忧，会不会中了邹应龙的诱敌之计，将大首领骗下山，然后发大军攻打山寨？

阿骨泰听完哈哈一笑："你们大可不必担心，邹应龙不是那种言而无信的人，他是真君子，是咱们黎族人民百年难遇的大恩人。这个机遇千万不可错过。为了咱黎族的兴旺发展，我一定要去拜会邹应龙。"

邹应龙热情接待了阿骨泰酋长，亲如兄弟般与他促膝谈心，向他介绍了许多治理政务的经验，教他如何治理好黎族部落，发展部落经济，带领部落人民走上繁荣富强的道路。

阿骨泰深受感动，表示今后一定听从经略安抚使的教诲，努力使部落经济发展壮大，做朝廷的顺民，决不再有起义造反之举。

邹应龙又送了许多布料和五谷良种，并派出一队技术人员跟随阿骨泰酋长到黎族部落，指导他们种植农桑，纺纱织布，开采矿藏。

从此，海南的所谓"黎患"再也没有发生过，黎族人民十分感激邹应龙这位好官带给他们富裕和幸福，在他百年之后，为他立祠祭祀。

有了海南抚平黎族民众造反的经验之后，邹应龙更加体会到收服民心的重要性。用武力征服一个民族并不难，而要征服这个民族的全体人民的心，却不是一件容易的事。执政者必须站在这个民族根本利益的基本立场上，考虑这个民族的特点，因地制宜地制定各种适合民族发展的方针政策，还要有一批忠实的执行者去推行这种政策，才能使施政方针产生最大威力，创造较高的经济效益，进而推动全民族的发展，推动国家走向国富民强的道路。

回到静安府后，邹应龙便着手培养优秀人才的工作，将当地几所官学书院当作他施政演说的讲台，还邀请各级地方官到书院听课，接受吏治培训。

他将家乡人杨时、罗从彦、李侗、朱熹发展起来的理学精义当作讲义，把罗从彦撰写的《遵尧录》当作官员必读的教材。

罗从彦是闽学鼻祖杨时的弟子，在杨时一千多名学生中"独得不传之秘",对早期理学的发展起到重要的奠基作用。他写的《遵尧录》以尧、舜为帝王的最高典范,阐述了"宋太祖、大宋以来宏观懿范,及名臣硕圃论建谟画,下至元丰功利之人,纷更宽度,贻患国家,撮要提纲,无非理(治)乱安危之大。"(《宋史》本传)其政治观的核心在于探讨并阐明封建制度下有关治乱安危的基本问题。而他的道德观与修养论更是值得为官者效法,提倡朝廷要重视道德教化,并力图通过道德教化实现父子之间、君臣之间以及一切人之间的和谐,以维护国家的长治久安。他还特别对仁义礼智四种道德进行规范,具有明显的针对性和批判性。他将孟子的"四心"具体化且各有自己的对立面,如"恻隐之心",就是指对受剥削的民众的同情,因此"掊克生灵"就是"无恻隐之心"的表现;"羞恶之心"是指不阿附宦官而谋取私利,因此"阿附宦官"就是"无羞恶之心"的表现;"辞让之心"是指在权势与财利面前不伸手,因此"势利相倾"就是"无辞让之心"的表现;"是非之心"是指尊重事实,不盲目信从上方的意愿。因此"上下雷同"是"无是非之心"的表现。他所倡导的仁义礼智是与邪道相对立的正道,是为官为民者的

名臣邹应龙

"立身之本"。

邹应龙将理学思想灌注于对属下官员的施政教育和道德教育之中，使一大批官员受到深刻的吏治教育，在人生处世哲学观念上发生很大的改变。因此，他在广南西路执政的四年多时间内，得到众多官员和广大民众的爱戴，留下了极好的口碑。

俗话说：冰冻三尺，非一日之寒。广南西路多年来积下的吏治腐败弊端和贫困根源不是一时就能革除的。因此，当邹应龙上任不到半年时，广西南宁、邕宁一带又爆发了大规模的僮民起义。

邹应龙深感责任重大，导致僮民起义的原因首先应从朝廷自身查找，而不应该一味地责怪于僮民，加以武力的清剿。那样做只会伤害民族感情，加深民族矛盾，有百害而无一利。

于是，他急忙亲自督师西进，严令军队一路上秋毫无犯，军纪严明，尊重当地少数民族的风俗习惯。

军队到达南宁一带，扎下营寨，邹应龙便亲自出营察看僮民起义部队的军情。当看到对方营寨内旗帜鲜明，刀枪林立，鼓角相闻，人欢以驰的状况时，不禁发出一声感叹："古语有道，良禽择木而栖，良臣择主而事。僮民为什么会起义，正是因为他们找不到栖身的好树林，找不到可以跟随的好主子。如果朝廷能够励精图治，官员都能清正廉洁，为民办事，让老百姓过上好日子，他们哪会冒着杀身灭族的危险起来造反呢？"

他回到军营后，立即发布了整饬吏治、废止苛捐摊派、安抚贫困山民的几条政令，布告遍传城乡。

这一招再度出现奇效，从根本上动摇了僮民造反的信心，许多参加起义的僮民都被父母亲人唤回家了。

几天过去了，邹应龙依然按兵不动，为首的僮民部落酋长见势不妙，强迫僮民向邹应龙的大营进攻。

进剿的军队忍无可忍，纷纷向主帅请缨出战。邹应龙也想打击一下他们的气焰，重振朝廷的威风，便令军队在出战时千万不可滥杀僮民，以平息事态为目的。

僮民起义队伍都是临时招募组建起来的，缺少军事训练和实战经验，面对邹应龙率领的训练有素的朝廷大军，自然是如卵击石，纷纷败逃。经过几次小规模的战斗，朝廷大军便平息了暴动，并俘虏了一大批起义的僮民。

如果按过去朝廷平乱的一惯作法，抓到的乱民全部要被斩首示众。历史上常有某某将领平乱，向朝廷献上

名臣邹应龙

205

几千几万首级请功的记载。其实，那是血淋淋的记载，是邹应龙最不愿意看到的事。

他站在点将台上，望着台下黑压压的一片俘虏，那都是一个个有血有肉的男子汉，那都是成千上万个家庭的生活之依靠，是为父母为妻儿的希望之所在。如果为了自己的平乱功劳，为了自己的官阶再进一层，只要一声令下，这成千上万个俘虏就要身首异处，千万个家庭立时就会蒙上苦难的阴影，在民族之间也会增加一层灾难的阴影。

不！决不能这么做。

与世无争的佛家尚且能够做到"救人一命，胜造七级浮屠"，如今我手握生杀大权，决不能因一己之私或一时的浮躁铸造成千古大错呀！

他站在点将台上，左手轻抚颔下长须，面前是一双双充满渴望热爱生命的眼睛，那眼神似乎在说：青天大老爷呀，请您给我们一条生路吧！

他抬起头来，遥望远方，眼前浮现出僮民山寨中一片啼号之声，千万个妇女跪在神位前求拜神保佑出征的亲人平安归来。神是无法保证这批僮民人头不落地的，因为神是虚无缥缈的。但长期被神权、族权、夫权奴役的妇女们，她们除了向神灵求助之外，还能向谁求助呢？连部落首领也被俘虏了，还有什么人能替她们说话？还有什么力量能改变她们即将出现的家破人亡的悲惨命运？

但是，我邹应龙能改变她们的命运，能给她们新的生活的希望，能给山寨带来阳光与欢乐，能把民族之间的乌云拨开。

对，我个人功利官阶事小，百姓的幸福和民族的和睦事大，我一定要做一个对百姓、对民族、对国家有益的人，不可当千秋罪人。

"首恶必惩，胁从不问。"邹应龙下了命令。

参战的众将都瞪起惊异的眼睛望着他，弄不懂这位经略安抚使为何连到手的功劳都不要？

俘虏们更是用充满感激的目光望着他，望着这位给予他们获得新生命的青天大老爷。他是他们的再生父母，是僮民的大恩人哪！要是朝廷能多出几位像邹应龙这样的好官，该有多好哇！

千万名参加起义的僮民被"纵使归田"，不予追究。他们欢呼雀跃，就在荣营校场上跳起了壮族庆祝节日的舞蹈，以表达对获得新生的欢乐与对朝廷的感激之情。

此情此景，真是令人心潮激荡，兴奋万分。

邹应龙抑制不住感情的冲动，走下点将台，步入僮民之中，与他们手拉着手，一道跳起舞蹈来。

接着，他又取出长剑，献上一场优美的剑舞，获得满场雷鸣般的掌声。

这批被释放回山的僮民见到了亲人，大家抱头痛哭。妇女们见出征的男人平安归来了，急忙向神灵拜谢。男人们却说："不必拜谢神灵，要谢就谢经略安抚使邹应龙大人，是他给了我们新生；他还给咱们山寨送来福音，减免了许多税赋摊派；他还派许多技术人员帮咱们提高生产水平，推广先进技术，摆脱山寨贫困，让咱们永远过上好日子。邹大人才是真正的神灵啊！"

"感谢邹大人！感谢朝廷！感谢伟大的'神灵'！"山寨中响起一片祈祷之声。

在平息广南西路大规模的僮民起义事件中，邹应龙运用灵活机动的战略战术，不仅很快平息了暴乱，而且较好地处理了民族矛盾，化解了潜伏的危机。在整个事件中，仅诛杀了几个顽固不化的部落酋长，没有多杀一人。他的这种做法赢得了朝野的一片喝彩，但他一点都不居功自傲。部将们要为他请功，他坚决推托掉，诚恳地说："我身为广南西路经略和马步军总管，保境安民乃是应尽的职责和使命，平息一方暴乱又有何功可言？"他不但不以平息暴乱为功，反而视管辖之地发生暴乱为失职，主动上表自劾，请求朝廷予以处分。

广南西路的广大民众没有忘记邹应龙的功劳，在民间设立了许许多多邹公庙，春秋祭祀邹应龙。时至今日，近千年功史中，邹应龙的影响依然留存在西南广大人民中，邹公庙也风采依旧，香火旺盛。邹应龙也成为民众心目中最有灵验的神灵之一。在历史中写下不朽的篇章。

第四章　赈济百姓传佳话

邹应龙在广南西路任地方最高行政长官期间，政绩非常显著，深得民心和地方官员的爱戴与拥护。

由于广南西路局势不断好转，边庭靖宁，经济有较大发展，宁宗皇帝就想将邹应龙调到更需要加强治理的地方，让他发挥更大的作用。嘉定十三年（1220），朝廷调邹应龙任荆湖南路（今湖南省）安抚使兼潭洲知府。

消息传开，广南西路大小官员、士绅学子和广大民众深感遗憾，他们再也不能聆听到邹应龙这位饱学之士的教诲，再也享受不到这位心胸广阔、正直无私、慈祥可敬的长官兼长辈的恩泽普惠。尤其是他对理学精义的剖析、对人生哲理的感悟、对为人臣子的忠孝、仁义、道德的表率风范，更是宦海从政者一辈子学不完的，也是受益不尽的。

因此，当邹应龙离任的那一天，静安府大街上家家户户门都摆起香案，像迎接一个重大节日一样。大小官员一个个执手泣别，依依不舍，那一份真情感人肺腑，那一种别离的场面催人泪下。

似乎老天爷也为邹应龙的离任感到惋惜，洒下了纷纷扬扬的泪雨。

静安府万人空巷，十里长亭香烛不断，爆竹长鸣。

邹应龙为百姓如此热情送别深感荣幸，也更加感到为官一任，当造福一方的重要性。自己虽然并没有为百姓做多少事，只是履行了一个地方最高行政长官所应尽的责任，为朝廷负责，为百姓负责，百姓居然如此厚爱。今后自己应该倍加努力，爱国爱民，清正廉洁，做一个好官。

他在马上不停地向送别的人群拱手致谢，直到望不见十里长亭了，他还频频回首，向那些依然站在原地不愿离去的人群挥手。

到了荆湖南路后，邹应龙一面大力整治地方行政机

名臣邹应龙

构，清除腐败分子，加强廉政建设，一面推广农业生产新技术，促进经贸发展，加强军事防御力量，并极力提倡办学育才，不久就使一个政治、经济、文化、军事地位皆处在全国中下游的省份，一跃而进入中上游。

对邹应龙的政绩，宁宗皇帝倍加赞赏，因此对他也有所照顾。他出任荆湖南路安抚使不到一年时间，从家乡福建省泰宁县传来母亲病逝的消息。他忍着巨大的悲痛，向皇帝上书乞假，回家守制三年。在封建时代，"孝"字是衡量一个人品德的重要标志，宁宗皇帝对他又恩宠有加，很快便准奏，让他离任回乡守制。

他风尘仆仆地从湖南星夜赶回泰宁，带着深深的内疚，在母亲灵前痛哭不止。自从自己25岁中了状元之后，便走上仕途，二十多年来一直在外地为官，难得有几回在父母身边尽孝。在试祀部时，试官叶挺觉得应龙有些才华，便爱护有加，视为得意门生。叶挺是浙江丽水人，宋乾道八年壬辰科黄定榜进士，曾任岳州知府。他将女儿许配给邹应龙为妻。此后，邹应龙随其岳父定居丽水，当地人将他的故宅称为"德星里"。因此，他的妻儿都住在丽水，也少有机会回家来看望老母亲。

古人云：入土为安。邹应龙按照当地风俗安葬了老

名臣邹应龙
mingchen zouyinglong

母亲，就在家中守制。

此时正是夏季，闽省地处江南，进入汛期，一连数日天昏地暗，暴雨倾盆，江河暴涨。泰宁处于福建母亲河闽江源头金溪之畔，上游建宁县总面积达1700多平方公里、本县面积也达1500多平方公里。如此巨大的流域面积，承接着几天几夜从天上倾泻而下的暴雨，所有的河沟池塘都是浊流横溢。又因为各条溪流河床浅、河道狭窄，更容纳不下一天之间高达数百毫米的降雨量。滚滚的洪流吞了两岸的良田，卷走了低处的茅屋，河面上不时有人畜的尸体漂流而下。

俗话说：水火无情。洪水涌进城区，漫上街道，淹没了大片的房屋。到处是倒塌的房子、漂浮的木料和垃圾。人们纷纷逃离家园，呼号之声伴和着风雨之声，奏响天地之间一曲悲歌。

风雨过后，洪水渐渐退去，城区出现一派狼藉，大街小巷积满了淤泥、杂物；沟渠之中塞着牲畜的尸体，发出一阵阵恶臭。临近河边地带更是满目疮痍，原先整齐繁华的街市成了一片荒滩。

邹应龙踏着泥泞，沿着街道走去，灾后惨不忍睹的现状使他痛心疾首。看来地方官吏除了力争做到清正廉洁、爱养民力、发展经济等方面外，还应该增加一项考核内容，这就是风险意识。有了风险意识，才能时时注意防范风险。比如保护水土、兴修水利、增加储备粮食以防灾年等。如今灾民缺衣少食，连肚子都填不饱，更不要说有何力量重建家园了。

如今，自己虽然还是朝廷命官，但是回家守制，不能有号令地方官的举动，否则会有弄权或越疱代疱之嫌。他打消了去找县官商量放粮赈灾的念头，快步回到家中，找到管家邹伯，问道："咱家仓库里还有多少粮食？"

邹伯皱着眉头回答："不多了，大概可供全家人吃两个月的。"

邹应龙果断地说："也好，先分出一个月的粮食，送给受灾的乡亲们救急。"

邹伯忧心忡忡地说："一个月后咱家怎么办？"

"一个月后再想办法，目前先帮乡亲渡过难关再说。"

说完，他便卷起裤脚，与邹伯和几个后生仔一道，挑着一袋袋大米送到受灾的人家中。

"邹大人，您真是菩萨心肠，我家早已锅底朝天，全家老少十口人一整天粒米未进，是您给我们送来救命粮啊！"一位大叔流着感激的泪水向邹应龙道谢。

邹应龙感慨地说："风雨不调，天灾人祸，最受苦的是百姓呀！要是地方官丰年不忘灾年，有计划地多准备一些储备粮，你们也不会挨饿受苦哇！如今，地方官看着灾民受苦也只会干着急，唯一的办法也只有等待朝廷的赈灾粮拨到位。可这呈报、审批、调拨、发放的程序，不是一两天就能办好的，没个十天半个月哪能见到赈灾粮？灾民的肚子可等不得，再等就要饿死人哪。我家粮食也不多了，先分一点儿给大家应急吧，请别嫌太少了。"

"邹大人，我们已经谢天谢地了，哪有嫌少之理呢？"众百姓感激涕零，都赞邹应龙是活菩萨。

邹应龙一面督促地方官加紧放粮赈灾，一面亲自向宁宗皇帝上书，陈述家乡大灾的惨状，引起宁宗皇帝的同情，增拨了不少救灾钱粮，有力地增强了泰宁人民重建家园的决心，促进了恢复生产和生活的进度。

三年守制时间过后，已是宋理宗宝庆元年。宁宗皇帝驾崩后，宰相史弥远扶助理宗赵昀即位有功，更加权倾朝野。

名臣邹应龙

理宗倒是有振兴朝纲的雄心壮志，起用儒臣，下诏调真德秀、邹应龙等人入朝供职。

邹应龙虽然与史弥远是同僚故旧，交情也算不错，但却憎恶他擅权误国的行径，不愿与他同流合污，故上表辞谢不去任职。理宗皇帝深知邹应龙的文韬武略，也深爱他的人品和为官的道德，于是再次颁召，拜他为工部尚书，令其即时上京就职。

邹应龙老大不愿意与史弥远合作，犹豫了好久，从1225年正月初一接到诏书后，直拖至这年的秋天才姗姗来迟，入朝面圣。

谁知上任不久，他又因不愿依附史弥远而卷入一场朝廷党争的政治旋涡中，最终被史弥远放逐出朝，以敷文阁学士之官衔出任赣州知府，不久又被借故解职，回乡赋闲达八年之久。

宋绍定三年（1230）春，正值春暖花开之际，闲来无事，邹应龙便简装出游，来到泰宁境内几处风景名胜踏青游览。

看到家乡山清水秀，风光如画，他不禁触景生情，回想自己虽然学得满腹经纶，也曾壮志凌云，满怀匡时济世的宏愿，却屡屡受制于奸臣权相，不时遭遇打击陷害，始终难以一展鸿鹄之志，真是感慨万千。于是将一腔豪气化作诗句，融入赞美风景的律诗之中。

宝林寺有感

乳燕啼鸠三月暮，淡云疏雨午时天。
金罍花落无人管，断送韶光又一年。

题乐野宫

闽越遗宫蔓草青，萧萧衰柳满孤城。
吟余独向荒台望，落日江山万古情。

城垒寄交南

仗命出边陲，黄华使节驰。
诏从天阙至，恩向越裳垂。
英雄谙周典，贤王识汉仪。
寄情千里别，后会在何时？

游宝盖岩

夙有兹岩约，今晨得践盟。

路从支涧入，人在半空行。

六月如霜候，四时长雨声。

愿求容膝地，着我过浮生。

登七宝峰

越王当年游此畎，庵号慈云小洞天。

试觅丹墀攀绝顶，遥寻绛阙在层巅。

下方尘土应相隔，上界清霄信与连。

胜概无垠看不了，徘徊此日竟忘还。

　　邹应龙游兴正浓，明媚的春光一扫他久久压抑在心头的烦闷和不快，使他有些流连忘返了。于是他白天游览风光，夜里就宿在寺庵中。

　　泰宁到处丹霞地貌，各个山头都有特色，游人较多，因此三教九流竞相建立寺庙。佛道出家之人对有学问的人都非常敬重，所以邹应龙走到哪里，都不愁没饭吃、没地方住宿。

邹应龙这样一连游玩了几天，觉得有些累了，就想回家休息几日，再上山踏青游乐。

他兴冲冲地往回走，快到城门时，忽见一大群人神色慌张，背着大包小包，携带一家老少往城外逃。

他觉得好生奇怪，便拦住一人问道："城里出了咋事？你们为什么要逃难？"

那人一眼认出他是状元公，着急地说："邹大人，您快回去带家人逃难，晏头陀的兵马已打到城北了。"

邹应龙一听，心急如焚。

他知道：这是一支造反队伍，势力还不小哩！为首的人晏头陀又名叫晏梦彪，是做贩卖私盐生意的。由于朝廷对盐商管制很严，前不久还搜查了晏头陀的货栈，收缴了一大批私盐。于是他便发动盐贩，在潭瓦际（即今宁化县南平寨）举起造反的旗帜。

当时，因权相史弥远弄权，不时对老百姓增加各种名目的捐税，百姓的生活也相当艰苦。当晏头陀登高一呼，万众响应，起义开始仅有百余名盐贩参加，没几天竟聚众万余人。

饥民们都是豁出来参加起义的，因此起义军的斗志相当高，百日之内就攻占了宁化、建宁、清流、将乐数座县城，真有些所向披靡。

邹应龙对此事早有耳闻，但他相信朝廷的力量，很快就可能平息事态。谁知道朝中官员都是软蛋一堆，欺压百姓的招数一个比一个狠，搜刮民脂民膏的本领一个比一个强，轮到该他们派上用场时，却一个比一个软弱无能。

几个县衙的告急文书早就快马送到汀州府、延平府、福州兵马司直至朝中兵部，兵部下了批文，几个造反盐贩由闽省派兵剿灭就是，何须大惊小怪。

省里学兵部样子，批给汀州府及延平府剿办。

汀州府认为，建宁、宁化、清流属该府管辖，但将乐、泰宁等县是延平府的辖地，起义军已攻占将乐县，顺流而下直捣延平，占领八闽咽喉地带，进可攻福州省会，退可守闽北武夷山汾水关要塞，当是起义军的首选目标。因此，汀州府的兵马缓一缓再出征，让延平府的兵马打头阵，与起义军拼个鱼死网破，再来捡便宜。

汀州府会这么想，难道延平府就是傻子？俗话说"金沙县、铜延平、铁邵武"，我这铜延平还怕晏头陀的万把人？倒是你汀州府已岌岌可危，潭瓦际离汀州府不上百里，起义军一日之间就可以包围府城，你不急难道我倒着急不成？两处府衙你盼我先出兵，我盼你先出兵；你想捡我的便宜，我想捡你的便宜，这样一拖再拖，错过了许多战机，起义军趁机大发展，一开春就大举进军，大军向泰宁压境而来了。

邹应龙分析了军情后，感到痛心疾首，现在一切都晚矣，只有带领家人先往东阳山（今连城一带）投亲避难，随后再直接向朝廷请兵，抚平地方之乱。

他匆匆赶到家中，管家邹伯已经收拾停当。他对管家的认真负责精神大加赞赏，认为这么有责任心而且机敏的人实在难能可贵。可惜他年纪大了些，否则，该给他在朝中安排一官半职，相信他会干得比这些地方官漂亮得多。

邹应龙带着家小逃往东阳山，刚走到四堡地界，忽遇一彪起义兵马冲杀而来，大批难民夺路逃命，将邹应龙一家人冲散了。他的三个儿子六郎（字叔颜）、七郎（字叔曾）、八郎（字叔思）在兵荒马乱中不知去向。后来才知道，三个儿子流落在四堡鳌峰山结茅为庐，开基创业，如今海外邹姓后裔都将四堡认作祖居地，而且历代都出了不少名人光耀祖宗。但这次与三个儿子失散

名臣邹应龙

以后，邹应龙再也没有与他们见过面，这是他极大的遗憾。

由于东阳山一带也有起义军活动，也不算安宁的地方，所以邹应龙无法留下来慢慢寻找失散的三个儿子，带着其他几个儿子继续向汀州府逃去。到了这座古城安顿好后，他马上向闽帅上书请兵，陈述百姓在兵乱中流离失所的痛苦。一日、二日……一直等了十日，不见省里的兵马到。

他痛苦极了，地方官只知道争权夺利，敲诈欺压百姓，哪会管百姓的死活。不行，得直接以自己是朝廷重臣的名义，一面向朝廷上表请兵马平乱，一面向江西境内赣州府请兵救急。当年自己曾任赣州知府，当地的官员还是会给自己面子的。还有淮西帅曾式中是自己的故交，也上书请他发兵一同前来平暴。

俗话说，智者千虑，必有一失。这次他的请兵行动虽然成功了，曾式中率领 3500 名精兵取道漳、泉二州入闽，与福建兵马司组织的忠勇军会合，从汀州府与延平府两面出兵夹击晏头陀，晏头陀兵败投降被诛杀了。但他这次请兵有些先斩后奏的嫌疑，被政敌当作把柄进行攻击，以致后来又遭罢黜，这是后话。

但是，闽西北一带的老百姓对他却有口皆碑，认为这次能很快平息暴乱，还给百姓安宁的生存环境，全靠邹应龙及时请来救兵，否则，他们不知还得过多久流浪的生活，还得受多少离乡背井、妻离子散的痛苦和不幸。

自从邹应龙举家逃难到平定暴动返回泰宁家乡时，已历时一年了。此时家中面目全非，屋里值钱的东西全被晏头陀的兵丁搜刮去。屋内杂草丛生，蜘蛛网密挂，案几上积满灰尘，一派荒凉的景象。

没办法，只好与家人一道，动手大扫除，整理宅院，重建家园。经过一番整饬，邹家府第重新焕发光辉，又和往日一样，墙上挂满诗画，案几上摆放鲜花，充满生机活力。

此时，邹应龙才有心思坐下来看书写字了。他在书房中静心练字，将王羲之的《兰亭序》字帖摆在案几上，认真临摹。

忽然，街上传来一阵嘈杂声，管家邹伯走进书房告诉他：上次平定晏头陀之乱后，为了防备流窜到江西一带的一股起义军入境继续作乱，统领刘纯一率一支忠勇军驻守泰宁梅口虎头寨。这支忠勇军原先就是为了平息起义军而临时招募来的当地土民，素质低下，军纪松弛，终日无所事事，不免窜入梅口街甚至城关来滋生事端。当地自卫的团丁乡勇出面制止他们，双方便发生冲突，火并起来，闹得地方又是不得安宁。

邹应龙一听，"嚯"的一声从椅子中站起来："这怎么行呢？乡亲们在这一年多的动乱中已受尽苦楚了，刚有了安定的日子，又发生这类事件。难道真应了那句古话：前门赶走猛虎，后门却进了恶狼？不行！我得想办法制止忠勇军的行为。"

他立即吩咐邹伯去备办了许多酒肉，雇了一干人挑着，来到梅口虎头寨忠勇军军营犒劳兵士们。

走进军营，只见忠勇军个个也不操练，也不学些军事知识，三五成群围在一起搓麻赌博。不赌博的人就聚集一处海聊，污言秽语满嘴，女人肥奶子大屁股圆，什么下流话都有。再就是一伙一伙围着喝酒行令，一个眼睛充血，气壮如牛，若此时有谁说了一句不中听的话，马上就会大打出手。

邹应龙皱着眉头来到大帐，与刘纯一统领说明来意。

刘统领双手一摊，两肩一耸，做出个无可奈何的样子，叫苦道："邹大人，下官也是没办法呀，这些兵勇大部分目不识丁，又没有经过操练，什么叫军纪他们根本不懂。打打杀杀倒有一套，天不怕地不怕的，有时跑到街上闹事起哄，与乡勇相互仇杀，可总不能将他们一个个抓起来砍头哇！"

邹应龙说："刘统领，本官知道你也有难处。这样吧，你将队伍集合起来，本官帮助训导一番，再犒赏他们。意下如何？"

刘统领欢喜道："好，好！下官正愁笨嘴笨舌的训导不了他们，邹大人肯帮这个忙，那是百姓之福。"

于是，刘统领立即集合队伍，号角吹了好一会儿，兵士们才懒懒散散地走到操场中央，望着邹应龙窃窃私语。

刘统领高声道："你们听着，这位就是朝廷重臣、泰宁的状元公邹应龙，今天特地来军营犒赏你们。"

谁知这些士兵一听，"哗"的一声全跪倒在地，口称"状元公万福！"弄得刘统领目瞪口呆，不知怎么回事。

原来，这些士兵虽然都是当地土人，但因闽西北是理学的发祥地，尊师重教蔚然成风，尽管他们可能因家

名臣邹应龙

境贫困无法上学念书，可都以有学问的人为尊。这一带还有一种民俗，凡有女儿出嫁时，男方来接亲的人中一定要有思维敏捷的人，才能应付女方出对子的考验。如果对不上对子，那是很没有面子的事，女婿也脸上无光，不敢经常到丈母娘家走动，怕受人耻笑。因此，他们都知道泰宁出了位状元公邹应龙，而且还是朝廷重臣，但他们从未见过他。如今状元公亲自到军营犒军，也就是说来接见他们，那真是莫大的荣幸啊！

望着黑压压跪倒一片的忠勇军兵士，邹应龙激动地说："好兄弟，你们快快请起。你们为了讨平晏头陀暴乱，离乡背井来到泰宁守卫军事要地，保护一方百姓平安，这是泰宁地方之福，百姓之福。让本官权且代表泰宁全县父老乡亲，向你们表示深深的谢意！你们都是闽中好儿郎，今后希望你们多学文化，多练本领，将来为国家出力，为家族争光，做国家的栋梁之材。千万不可有失做人的道德，图一时之快滋事生非，造成失一足而遗千古恨哪！爱国将领岳飞你们都知道吧，他说过：莫等闲，白了少年头。你们都是好青年，朝廷盼望你们来收复被金人占领的河山，父母也盼望你们建功立业，成才成器，光宗耀祖。好兄弟，你们要振奋精神，做一个

名臣
邹应龙
mingchen zouyinglong

爱国爱乡的好男儿啊！"

听着邹应龙一番语重心长的训导，忠勇军的兵士们一个个感慨不已，纷纷说道："状元公说的有道理，我们趁年轻应多学习一些有用的东西，不能老是无所事事，有失状元公的期望啊！"

随后，邹应龙在军营中摆开酒席，与兵士们畅饮一番。他在席间取出长剑，唱起岳飞的《满江红》，边唱边舞。慷慨激昂的歌词和活泼欢乐的气氛，极大地调动起忠勇军兵士们的情绪，大家且歌且舞，度过一段难忘的时光。

当夕阳西下、暮鸟归林时分，邹应龙告辞忠勇军回城了。兵士们都涌到军营门口，依依不舍地与状元公挥手告别。

从此以后，忠勇军再也没有到地方闹事。当地的百姓对邹应龙这位散尽家财赈济灾民、自备酒席亲自到军营犒赏忠勇军，使地方得到安宁的名臣给予很高的评价。

第五章　天下为先名臣泪

　　南宋绍定六年（1233）秋天来临了，金色的田野里充满了丰收的色彩，一片片金黄的稻田里，不时传来甜美的《十二月做田歌》的山歌声：

　　　　……唉啊咧

　　　　九月寒露割迟禾

　　　　无个闲人屋下坐

　　　　边边角角谷匣响

　　　　坑头坑尾唱山歌

　　　　……

　　武夷山南麓闽西北一带属南迁汉人聚集居住的地方，当时就有人称外来户为"客户"，连官府的文牒中也有记载此类的"客户"迁移情况。南迁汉人带来了丰富多彩的中原文化，又与当地土著文化相结合，创造出一种有特色的文化——近代研究人士称之为客家文化。它是南迁汉人经过千年的孕育而形成的汉民族中一支优秀的民系——客家民系的精神内核。客家人在劳动中创造的文化极具感染人的力量，而他们在山野间劳动时传唱的山歌就是很有情趣的一种民间文学。他们不管是办喜事、庆丰收或茶余饭后，都喜欢唱唱山歌来抒发感情。这种山歌优美动听，内容又入情入理，不但怡情又有很强的教育意义。

山歌声带给八年赋闲在家的邹应龙以满腔的激情，他特别喜欢听家乡人唱山歌，山歌会将他带回无忧无虑的少年时代。

可现在，他已没有少年时代的那份轻松与自得。自己虽然赋闲在家，但国家的安危、朝政的兴衰、民众的疾苦，都时刻萦回在脑际，济世救国的方略是他经常研究的课题。他相信"天生我才必有用"这句话，只要有机会，他是会竭尽全力报效国家的。而且他相信这种机会迟早会来的。

山歌声带给他满心的喜悦，他慢慢踱着方步，向山野走去。

远山近岭，一派秋光绚丽。枫树托举起满树红彤彤的叶片，像一把把火炬一样在绿水青山之间燃烧。

伫立野山，分享农人的丰收喜悦，邹应龙久久郁结在心头的愁绪渐次化解了。也不知道是什么原因，反正觉得今年秋天带给人一种特别的爽意，心情也格外开朗，于是随口便占出一首赞美家乡风光的诗来，题目是《水口翠屏》：

翠屏在地不在山
似我水口世兴贤
修竹高梧栖彩凤
绿壑丹崖啸清猿
屏开翠岱横秋色
远锁孤村过岭北
乘醉倚岱埽鲛绡
歌罢屏前山月白

不知不觉间，邹应龙已走出城郊数里之遥。这时暮色四合，远近村庄上空飘起了袅袅的炊烟，呼儿唤女、赶鸡鸭入笼以及吆喝牲畜进栏的声浪此起彼伏。

好一幅暮归图哇！

邹应龙正流连忘返之际，忽听远处有人大叫："老爷，老爷……"

他凝神望去，见一家人匆匆赶来，气喘吁吁地说："老爷，快回家，朝廷有圣旨到。"

邹应龙听了，似乎并不觉得意外，好像朝廷要下圣旨是他早已预料之中的事一样。他只随意地"嗯"了一声，跟着家人不慌不忙地往城里走去。

回到家中，邹应龙在大厅上摆起香案，全家老少跪接圣旨。谢恩后，邹应龙便抚髯微笑了起来，原来自己预料之中的事终于发生了：与自己曾有同僚之谊，但因意见相左而备受其打击报复、放逐出京、罢官赋闲达八年之久的权相史弥远病逝了。

史弥远是在南宋嘉定十七年（1224）开始权倾朝野的。这年秋天、宁宗皇帝赵扩病逝。宁宗在位时，已经立皇侄赵竑为太子。太子对史弥远的专权非常不满，暗中准备即位后下手清除史弥远。由于太子经验不足，谋事不密，机密泄露，被史弥远抢先一步下手。宁宗驾崩时，史弥远勾结杨后，伪造宁宗遗书，另立赵昀为理宗，将赵竑改封为济王，并让他出京到湖州居住。不久，又暗中策划了湖州的一次所谓"政变"，并以此为借口逼赵竑自缢。史弥远因为拥立新皇帝有功，又加官进爵，被加封为太师、晋魏国公，此后更加骄横恣肆，为所欲为，与自己政见不同者，全在他的打击之列，或削职为民，或降级外调地方。特别是理学大儒真德秀、魏了翁等正直之士，不惧史弥远的权势，直接在理宗皇帝面前议论对济王事件处置不当之处，矛头直指史弥远。史弥远岂肯善罢甘休，指使同党官僚群起攻击他们，要罢黜二人。

邹应龙与史弥远本来交情不错，是"同馆故旧"，当初在对金国主战主和争论中，二人意见一致，都反对轻启边衅，所以都受到权相的打击。后来史弥远当上了宰相，掌握到国家的上层权力后，史弥远曾想以旧情谊来笼络他，使他为其所用。但邹应龙是个刚正不阿的人，看不惯史弥远的所作所为，拒绝了他的好意。史弥远老羞成怒，将邹应龙放逐出朝，让他吃些苦头，以便吸取教训。这次史弥远拥立理宗皇帝登基有功，权倾朝野，又想拉拢邹应龙为己所用，因此又将他调入朝中。只要邹应龙愿意改变一下刚正不阿的脾气，与史弥远亲近一些，那么，官运亨通指日可待。

说邹应龙从此可能官运亨通的理由不仅仅与史弥远是"同馆故旧"的原因，更重要的是理宗从小就对才高八斗的邹应龙非常敬仰，即位后连连颁诏拜他为工部尚书。他本来不想入朝与史弥远共事，所以一拖再拖，从理宗皇帝即位的第二年正月初一接到第二道诏书起，直拖延到当年九月才动身进京，到临安晋见理宗皇帝。理宗见到他非常高兴，垂问与金、蒙开战与议和的得失利害关系。

这几年邹应龙回家乡守制，虽然暂时没有公务缠身，但他依然很关心国家大事，对金国、蒙古国与南宋三足鼎立的局面做过透彻的分析。因此，理宗问起国家大事，邹应龙成竹在胸，娓娓道来：宋、金对峙了百余年，依然无法征服对方，这是两国各自的国力所限。近年新崛起的蒙古国是草原游牧民族，男儿个个善骑善射，剽悍无比，战斗力极强。他们东征西讨，征服了许多部落，有较强的实力。但在宋、金、蒙之间，金国成了宋、蒙之中的缓冲关系，蒙古不敢对金大举用兵，怕宋从背后袭击。蒙古国一时也不会对宋用兵，因为实力还比不过宋，而且也怕金国从侧面袭击。因此这种三国鼎立的局面还可以维持较长的一段时间。目前宋也没有较强的实力统一中原，当务之急应是整饬纲纪，鼓励耕织，爱养民力，做到国富民强。等待国家强盛、国力充盈，兵精粮足之时，再推行统一中原的计划就有足够的信心和把握了。"以之为战，则可长驱万里，直捣黄龙；与之为和，则可请盟不暇，进退裕如，立于不败之地。"

邹应龙的一番议论，立足国情，面对实际，分析入微，切中肯綮，合情合理，听得理宗皇帝连连点头赞许。三日后，理宗即改任邹应龙为刑部尚书，过了一年又调任知贡举，主持朝廷三年一届的会试，将发现和培养国家栋梁之材的重任托付与他。

从这些方面可以看出，理宗对他是十分信任的。加上与史弥远的同僚关系，如果他能顺从史弥远的意愿，官运亨通是毫无问题的。可是，一生刚正不阿的邹应龙却做不到"顺从"二字，他非常不知趣，在对待真德秀、魏了翁被罢黜一事上，他冒死抗疏力谏。史弥远对他又一次大失所望，便将三人一起驱逐出朝。史弥远还对手下人恶狠狠地说：只要我史弥远一天不死，邹应龙就一天也别想再回京任职。

名臣
邹应龙
mingchen zouyinglong

邹应龙被削职回家闲居达八年之久，八年间，他虽然深居简出，潜心做学问，但身在山中，心里却时时挂念着国家的安危，希望有朝一日能再度出山，为国效力。如今，史弥远死了，理宗皇帝也结束了当九年傀儡的无奈，亲自执掌政权。他深知邹应龙的学问博大精深，所以史弥远一死，他就下诏调邹应龙回京，出任显谟阁学士、太平州（今安徽当涂）知州。

邹应龙已经在家研究学问八年了，如今终于有了再展雄图、报效国家的机会，于是匆匆告别了家乡父老，赶往京城任职。正当他踌躇满志欲一展平生夙愿，为理宗皇帝多献计献策之时，那些妒忌他的人生怕朝中多了个不畏权势，为人正直的要员，会损害到那些王公贵族的既得利益，于是找出一条理由，说他专横独断，在晏头陀造反之时，擅自调动淮西前线的军队入闽平乱。理宗皇帝虽然明白那些攻击邹应龙的人是"醉翁之意不在酒"，但迫于言官的威力，只好忍痛割爱，罢免了邹应龙显谟阁学士、太平州知州官职，改任无职事的宫观使。

邹应龙胸怀坦荡，对言官的攻击不作任何辩解。因为请调淮西军队入闽平乱，他事先也曾向朝廷上书的。

只是事态紧急，他在向朝廷上书的同时，也通过个人关系向淮西统军请兵。况且，请兵是为了解救民众倒悬之苦，毫无私心杂念，自己可以说是问心无愧。这是一件有利国家安宁、社会稳定、人民生活幸福的大好事，却被一些别有用心的人用来作为攻击自己的借口，真是始料不及呀！

邹应龙默默地担任无职事的宫观使，安心奉祠隐居了一年多时间。理宗皇帝考虑到邹应龙学识渊博，通晓天文地理、古代祀仪，便拜他为礼部尚书，掌管国家祀仪典章、祭祀、学校及科举等重大事项。理宗皇帝受到邹应龙的影响，对发展国力、培养人才等关系到国家强盛的大事丝毫不含糊，觉得只有像邹应龙这样的饱学忠诚之士方可胜任培养国家栋梁之材的重任。邹应龙对皇上的信任十分感动，努力做好各项工作。

古话说得好：天有不测风云，人有旦夕祸福。邹应龙出任礼部尚书本来是最适宜不过的人选了，他自幼饱读诗书，接受儒家正统思想的教育与熏陶，对天文地理、春秋事象都有所了解和研究。可是，有时偏偏是技术最老练的舵手，会在阴沟里翻船；最会游泳的人，会被水淹死。邹应龙可说是对四时季节、阴阳交替、时令变幻等天文变数最了解的人了，可就在他出任礼部尚书才一年多时间后，却在一次"郊祭"中出了纰漏，引咎辞职。说是出了纰漏也不全对，实在是老天爷与他过不去，会在"郊祭"时忽然狂风大作，暴雨倾盆，将皇帝与满朝文武大臣淋得一个个像落汤鸡，狼狈不堪。在老天爷的"恶作剧"下，三年一次的既庄严又隆重的"郊祭"活动大煞风景，这明摆着是上天对南宋政治腐败做出的反映，应解释为上天对政事极度不满而提出的警告。但古代皇帝称为"天子"，"上天之子"自然不会由他来接受上天的惩罚，而由主持全国礼仪的最高官员来接受惩罚也就顺理成章了。因此，邹应龙上表朝廷，引咎自责，自己是执掌祠庙礼典的礼部尚书，守礼不谨，才会引起上天震怒。只有让自己削职悔过，修身反省，才能平息天怒。幸好同僚们大多敬重邹应龙的为人，纷纷上书替他说话，说朝政失当，世风日下，理应大力整顿纲纪，励精图治，而不应过于追究个人的责任。这理宗皇帝也算是位开明的皇帝，虽然批准邹应龙辞职，但并没有疏远他，而是将他留在宫中，主持修撰皇室族谱并兼任翰林侍讲，为皇帝讲解书史经义，担当顾问。邹应龙出身、成长在闽学发祥地闽西北，从小接受杨时、罗从彦、李侗、朱熹等理学大师思想的熏陶，又饱读诗书，学识渊博，讲课时深入浅出，透彻明了，使理宗皇帝听得兴趣盎然，精神倍增，也对邹应龙的文才更加敬佩。有一段时间，理宗与邹应龙群臣形影不离，似乎邹应龙的智慧之光已透射进理宗的智慧之门，开启了他的灵智，使他对天下大事有了一个比较清晰的认识。

俗话说，人都有好大喜功的秉性，理宗虽贵为天子，但也不能免俗，也想在位之年能完成统一中原的愿望。朝中一些主战派官员没有对国力军力做全面的分析，而片面强调只要消灭了金国，统一中原的愿望就能实现。这种观点正符合理宗的意愿，于是作出了"联蒙伐金"的决策，加速了南宋走向灭亡的脚步。因为南宋偏安以来百年之间，宋、金两国时战时和，但谁也吞并不了谁。这百年之中，北方却有一个蒙古国不断强盛起来。1206年，成吉思汗统一了各部落，建立起一个奴隶制的蒙古国。成吉思汗和他的继承人胸有大志，东征西讨，先后征服了花剌子模等西亚和东欧的十几个国家，连西伯利亚都在蒙古国的管辖之下。对于这么强大的蒙古国来说，侧榻之畔岂容他人鼾睡，近在毗邻的金国和

名臣
邹应龙
mingchen zouyinglong

南宋自然都在他的窥视之中。可笑的是南宋君臣没会虑及于此，唇亡齿寒的道理虽然浅显，他们却不懂，竟然与蒙古国联兵，向宋、蒙之间的缓冲地带金国开战。1234年，金国灭亡了，战火还没有完全熄灭，蒙古国便于次年分兵三路，大举南侵，仅一个多月，就接连攻破枣阳、沔州、均州、房州、襄阳、潼川、成都、眉州等宋朝的五十余座城池。南宋朝廷危如累卵，君臣一片惊恐慌乱。

古语道：国难思良将，家贫识贤妻。在国家危难之时，理宗皇帝想起了被赋闲一旁的邹应龙来，便匆匆将他召到金銮殿，问策于他。邹应龙对理宗君臣好功喜战早已忧心忡忡，对国家的前途命运极为担心。见理宗问及国事，便和盘托出早已深思熟虑的选用贤能、修明政治、整饬军实、措置边事、和睦南邻、精兵防北等十条对策。理宗听了连呼可惜，悔不该当初头脑发热，做出"联蒙伐金"的错误决策，如今真是前门赶走虎，后门进了狼。更感后悔的是，为什么不早向邹应龙请教计策。当然他心里也明白，那时眼前只有统一中原的辉煌，即使请教了邹应龙，自己也不会听的。现在只能做"亡羊补牢"的工作，赶紧采纳邹应龙提出的十大策略，或能力挽狂澜，救国家于危难。于是派邹应龙出任钦差大臣，前往南边安抚安南（即今越南）。

邹应龙见皇上如此重视自己提出的策略，深受感动，不顾六十五岁高龄年迈体弱，领受圣命，日夜兼程，翻山越岭赶到南部藩属国大越，代表朝廷进行安抚笼络，加封大越陈朝太宗陈日照为安南国王。对于陈日照来说，这种加封无疑是雪中送炭，更是锦上添花。他并不是大越本土人，而是福建长乐人，原名谢升卿。因在家乡杀人犯了王法，逃到安南国，改名换姓，认同宗当了安南李朝太尉陈承的义子。后在会试中荣登榜首，又被召为驸马，逐渐掌握了政权，并培育了一批党羽，伺机篡夺了王位，建立陈朝。但用这种方式篡夺国家政权，朝中大臣多有不服，他的王位也坐得有些危险。邹应龙的到来，无疑是帮了他的大忙，颁诏册封他为国王，这意味着宋王朝对安南新政权的认可，对巩固其王位有着重大的意义。陈日照满心欢喜，以非常隆重的仪式欢迎邹应龙。从此安南国与南宋交往频繁，两国关系相当友好。

消除了南宋朝廷南面的威胁，朝廷便抽调南疆守兵充实北边的军事力量。前些年被史弥远迫害放逐朝外的

名臣
mingchen zouyinglong
邹应龙

魏了翁也被起用，新任京湖、江淮督视军马一职。当年邹应龙大胆力保魏了翁，就是发现他是位难得的人才。如今一起用他，就在真州、江陵两地接连打了几个大胜仗，挫败了蒙古人入侵的锐气，使极度紧张的形势暂时缓和了一些。

理宗皇帝见采纳了邹应龙的十大决策之后，没多久就产生了显著的效应，真是大喜过望，觉得应该重用有真才实学的大臣来协助治理国家，才能有效推进国富民强、统一中原的计划实施。1237年，理宗就晋升邹应龙为端明殿大学士、签书枢密院事兼参知政事。枢密院是掌管全国军马政令的最高军事机构，主官枢密使由宰相兼任。邹应龙晋升为枢密院事兼参知政事，就是副宰相的职位了。邹应龙深深感激理宗对他的重用，是对他寄予很高的希望。自己应该竭尽全力，为理宗分忧，为国家富强做全力的拼搏。他与担任宰相的乔行简配合默契，两人同心同德，辅助理宗，成为朝廷的左右股肱。

邹应龙认为，要振兴国家，人才是第一要素。他一上任，就向理宗推荐了数十位德才兼备的经世之才，让他们接任朝廷各重要部门的主要官职。俗话说，智者千虑，必有一失。邹应龙考虑的只是国家振兴、国富民强、统一中原的大事，却不曾留意背后有人放冷箭。原因是南宋朝廷居庙堂之高的衮衮诸公中，多数人都是世袭的侯爵，养尊处优，毫无建树。这些人对国家大事丝毫没有政治见解，充其量只是一帮平庸之辈，但对争权夺利、倾轧攻讦却很拿手。他们听到邹应龙要将一批能人推上朝廷各个重要部门，这不等于向他们夺权，置他们于死地吗？"好你一个邹应龙，泉州的多宝郡王赵彪一家就因为你而家破人亡，你还想让我们步多宝王爷的后尘，拱手让出特权？大宋可是我们赵家的天下呀！"于是这一帮人又翻出邹应龙请调淮西兵马平定晏头陀造反的陈年老账，不断地在理宗皇帝面前嚼舌头，诬告邹应龙"擅自调兵，图谋不轨"，是个野心家，千万不可过分信任云云。理宗虽然明白这些人的意图，但经不住皇室中许多人喋喋不休的议论，对邹应龙的信任有所减弱。

邹应龙正竭尽全力实施他的强国富民之策时，忽然间平地起风波，诬陷之词如寒冬里的一阵冰水泼向周身，寒气直透心底。他感到身心俱冷，自己是个年近七旬的古稀老人了，难道还有什么不可告人的"图谋"不成？回想起自己宦海沉浮四十多年，从来都是忠心耿耿、兢兢业业，宵衣旰食，勤恳国事，可以说全部心血都献给朝廷，献给国家。可是，总有一些人在背后对他放冷箭，攻击他、诬陷他，一而再、再而三地遭到打击迫害，几次递职去国。想起自己一生坎坷的遭遇，他不禁悲从中来，仰天长汉："天不助我也！天不助大宋也！"要是理宗皇帝能实施邹应龙提出的强国富民的十大决策，在不长的时间内，南宋的局面就可能发生巨大的变化，朝廷将一扫羸弱积弊，恢复国力，几代人统一中原的愿望就有可能在不远的将来实现。唉，天不遂人意，奈何，奈何！

邹应龙心灰意冷，决定挂冠辞朝，回归故里。他吩咐家人收拾行装，自己向皇上写了辞呈。理宗一听邹应龙要辞官归乡，忙叫身边的侍从宦官前去挽留。

此时的邹应龙已对朝廷失去了信心，也知道天意如此，大宋气数已尽，没有什么可留恋的了。因此坚决推辞，谢绝皇上的挽留。理宗又改授他为资政殿大学士、沿海制置使，他还是百般辞谢，不愿接受。

几天以后，邹应龙轻车简从，悄然离开京城。望着临安城表面上的繁华，他长长叹息了一声，那神态里带着几分无奈，几分伤感。

名臣邹应龙

一生以"天下为先"的名臣，一生为朝廷献过无数良策的名臣，就这样悄悄地走了。诚然，纵使有经邦济世之才，如果没有遇到明君，没有遇到可以发挥才华的时代和机遇，那么，一个能人也就无法发挥其优势的极限，也只会"徒悲伤，白了少年头。"邹应龙从二十五岁中状元后，即跻身仕途，到六十六岁致仕归隐，四十多年间始终循规蹈矩，廉洁奉公，忠于朝廷，忠于皇上，爱民如子，不屈权势，正直无私，是非分明。他的身上，集中体现出中国古代知识分子特有的清高、淡泊、自尊自傲等气节和操守。

邹应龙身上体现出的这些优秀品质，与当时官场上充满着腐败、争权、贪禄、阿谀的风气相比，大有"出淤泥而不染"的莲之品质。他的这种品质的形成，得助于良好的家教。他出身贫寒，自幼接受上辈"以不争为家法"的庭训，凡事不与人争锋为美德。理学的精髓、孟子的"不动心"等古训都成为他稳重的气质、深刻的涵养所形成的合力，因此他能做到一生"淡泊以明志，宁静以致远"。不管是少年得志魁天下，还是参大政、挑大梁，都能"处之晏如"，不骄不躁。即使是在遭受诽谤攻击又无法进行辩解之时，他也不会暴跳如雷，总能以一颗平常心处之，只求无愧于自己的良知。因此，他一生虽然没有做过什么轰轰烈烈的大事业，没有什么功盖日月的大功绩，但后人却对他赞赏有加，认为他是一位值得敬仰的历史人物。

他还有一点很值得后人称赞的品质，就是处心简静，不求人知。他身为朝中大臣，常是皇帝所倚重的人物，一生起草了大量的奏折、诏令等文件，但从来不留底稿，不在人前炫耀。他著的《务学须知》二卷，浓缩了他一生读书的心得体会，极为精妙，可惜也不传于世了。

名臣邹应龙洒泪别临安归故里后，在泰宁水南旧居开辟了"莲池书院"。这是一处风光美丽的读书胜地，背山面水，西出百步就是一条幽深僻静的峡谷，名唤"南谷"。山谷内危岩层叠，泉流潺潺，修篁亭亭，山岚缥缈，是个修身养性的好地方。他整天流连于此，读书作赋，过着清幽宁静的生活。此间理宗皇帝还下了一次诏书封他为官，但他归心已定，再也不愿涉足官场。理宗知道他的心思，便亲自书写了"南谷"二字，派人送到泰宁邹府，以示朝廷对他的优崇。从此，"南谷"成为人们争先游览的好地方，后来形成了"杉阳八景"

中的一处景观"南谷寻春"。

1244年农历四月二十三日，一代名臣邹应龙无疾而终，与世长辞。讣告送达朝廷，朝廷特为他辍朝致哀，追加他为资政殿大学士、光禄大夫、太子少保，封开国公，并传旨按少保的级别拨发治丧专款。

邹应龙生前在莲池书院教邹家后代读书，教育后人要常怀爱国爱民、精忠报国的理想，要有远大的抱负，要正直做人。自邹应龙中状元之后，邹家的风水又变得蒸蒸日上，一派兴旺，此后延续千年，人才辈出。尤其是民间传说中，更是将邹应龙忠君爱国的思想品质刻画得鲜活动人。传说邹应龙去世后，南宋的朝政大权落入一批奸臣之手，国家内外交困，怨声载道。此时蒙古国日渐强大，不断侵犯宋土。宋宝祐初年，蒙古国吞并了南宋的两个藩国大理和安南，对南宋形成包围圈。宝祐六年（1258），蒙古国兵分三路，向南宋大举进攻。一路由忽必烈率领，直驱长江而来；一路由兀良哈台统领，向湖广攻击；一路由可汗蒙哥督师亲征，出陕甘顺嘉陵江南下，攻击四川。在强大的蒙军面前，宋军望风而逃，许多州县都被蒙国军占领了。

朝廷不断接到警报，大小官吓坏了，惶惶不可终

名臣
邹应龙
mingchen zouyinglong

日。宋主急令京湖制置使马光祖进军房州；又令六郡镇使向士壁挥师绍庆，共同抗击蒙军。两军在湖北房州摆开战场，混战一场，杀得日月无光，尸横遍野。两军自上午直打到黄昏，宋军坚持不住，有溃败的迹象。马光祖正急得火烧火燎，俗话说，"兵败如山倒"，一旦宋军阵脚稳不住，那后果不堪设想。正危急间，忽见暮云中一道闪电划向蒙军，一声巨雷炸响，紧接着鼓角争鸣，杀声冲天，暮色中隐隐约约看得见一面邹应龙的帅旗，向蒙军杀去。宋军将士一见，立刻士气大振，精神抖擞，一个个奋勇争先杀向数人。蒙军这时也是疲惫不堪，被宋军一阵冲杀，溃不成军，丢盔弃甲逃回蒙古，房州城暂时解除了危情。

第二年，蒙哥可汗又亲率大军南侵，一路呈破竹之势，许多州县的宋军不堪一击，纷纷溃败，蒙军直杀到钓鱼城下（今四川合川），形成合围之势。蒙哥可汗认为钓鱼城只是一座小城，只需派人招降，守军就会开门迎接蒙军入城的。岂料宋军守将王坚是位爱国将领，拒绝投降，誓与蒙军抗击到底。两军自二月开始展开攻守战，直到七月，蒙军依然无法攻下钓鱼城。蒙哥可汗大怒，出师以来所向披靡，竟想不到被一座小小的钓鱼城卡住了。他急令前锋大将汪德臣强攻，连夜架起云梯攻打钓鱼城。宋军英勇抵抗，两军伤亡都很惨重。汪德臣见王坚引军在城门前堵截蒙军，便催马直扑过去，并厉声喝呼"王坚投降"。正在这时，天空中又是一声惊雷，只见邹应龙立于云端，挥舞令旗，立时狂风大起，飞沙走石，杀声震天，蒙军纷纷倒毙，立时溃不成军。

汪德臣正惊诧时，突然一块巨石迎面砸到，躲闪不及，七孔迸血掉下马。随从拼死抢上，将他救回军营，可他已经一命呜呼了。

蒙哥可汗在钓鱼城损兵斩将，又急又气，便急出病来，没几天就死于军营中。蒙军没有了统帅，只好撤兵回国奔丧去了。

此时，由忽必烈率领的另一支蒙军已渡过长江，包围了鄂州（湖北武昌）；兀良哈台的南路军也兵临潭州（湖南长沙）城下。当时督制各路军马的京湖宣抚大使贾似道吓坏了，急忙派人向忽必烈求和。忽必烈本来想一鼓作气打到临安去，灭了南宋，不肯答应议和。但蒙哥可汗的突然去世，蒙古国内情况骤变，他必须回国争夺可汗的继承权，因此便答应议和，撤军北归。兀良哈台的南路军随之也退回蒙古了。

理宗皇帝见险情总算解除了，便犒赏三军。马光祖、王坚等将领纷纷上表奏明邹应龙显圣破敌解围的奇事，理宗大喜，追授邹应龙"昭仕显烈威济护国广佑圣王"爵位。民间老百姓感令邹应龙生前创建的丰功伟绩和身后显灵护国的恩德，很多地方都为他建立了祠庙，春秋祭祀。至今一千多年过去了，在闽粤及东南诸省，民间还有近百座邹公祠庙，据说还时时显圣，护佑乡民哩！

名臣邹应龙